NADGET
CLIPPER
AMBROISE
MILO
ROSE
ROULETABILLE

Malika Ferdjoukh

Le Club de la Pluie

dans le train de la peur

neuf

l'école des loisirs

11, rue de Sèvres, Paris 6e

Illustrations de Cati Baur

Loi n° 49.956 du 16 juillet 1949 sur les publications
destinées à la jeunesse : mars 2021
Dépôt légal : avril 2022
Imprimé en France par Gibert Clarey Imprimeurs
à Chambray-lès-Tours (37)

ISBN 978-2-211-30916-5

Pour Gérard
(ça faisait longtemps…)

« Nous fabriquons nous-mêmes nos mystères.
La vie est beaucoup moins compliquée
que l'on ne croit… »

Arsène Lupin, gentleman cambrioleur
Maurice Leblanc

LA MORT À L'HEURE DU GOÛTER

L'homme qui entra à 16 h 07 à l'Hôtel de La Montre avait une sale tête.

Une vraie tête de gangster ! nota la vieille dame anglaise, qui dégustait son thé à la bergamote en jetant un regard distrait par une fenêtre des salons de ce paisible hôtel suisse. Elle l'oublia aussitôt, pour tartiner de crème sa tranche de cake à l'orange.

C'était bien un gangster. Il était venu pour tuer.

Voilà pourquoi il se faufila par une discrète porte arrière, avec son chapeau sur les yeux et son imperméable au gris passe-partout. Voilà pourquoi son poing dans sa poche tenait un revolver.

Rapide, silencieux, il grimpa l'escalier de secours désert. Au 4e étage, il ouvrit doucement la porte qui donnait sur un couloir tapissé de moquette. Personne.

Il s'arrêta devant la chambre n° 410, d'où parvenaient les sons étouffés d'un film. Un film américain apparemment, car on y entendait une sirène de police new-yorkaise.

L'homme introduisit une carte magnétique dans le bloc-serrure. Après le déclic d'ouverture, il poussa le battant. Il entra, et referma en silence derrière lui.

Non loin, dans le couloir, face à la chambre 418, il y avait un cagibi. Un grand cagibi, presque une pièce. Les femmes de chambre y rangeaient draps, oreillers et couvertures propres, ainsi que le matériel de repassage.

Le cagibi, en cette minute, était légèrement entrebâillé. Quelqu'un s'y cachait. Quelqu'un épiait.

Ce quelqu'un se prénommait Alix, portait un jean et un tee-shirt vert pomme barbouillé de taches qui indiquaient que leur propriétaire avait mangé du chocolat. Il y en avait même sur son menton.

Alix se planquait là avec l'idée de débouler comme un diable, en poussant un gigantesque hurlement, dès que sa grande sœur Camille, 13 ans, et son idiote de copine Gaby passeraient devant. Un hurlement à glacer le sang. Qui ficherait une trouille d'enfer à ces deux débiles ! Crise cardiaque garantie.

Alix avait passé sa matinée à tester un tas de hurlements extraordinaires. Les deux débiles n'allaient plus tarder à revenir de leur partie de mini-golf, au bord du lac.

Alix commençait à avoir chaud. Le couloir était désert.

En dix minutes il n'était passé qu'une seule personne : ce type à chapeau, en imperméable, qui se déplaçait comme un chat sur la moquette épaisse. Il venait d'entrer au 410.

Il y eut soudain trois détonations. Alix sursauta les trois fois. La porte 410 s'entrouvrit presque aussitôt, laissant filtrer la musique bruyante du film.

L'homme au chapeau glissa une tête pour vérifier le couloir, puis il se faufila dehors et referma. La main dans sa poche, tenant le revolver, il s'avança en direction du cagibi.

Derrière l'entrebâillement, Alix écarquillait de grands yeux, n'osant plus un geste.

L'individu marchait vite. Sa tête était étroite, ses sourcils touffus. Juste avant qu'il rabaisse son chapeau sur la figure, Alix aperçut une cicatrice en forme de Y sur le haut de sa joue gauche. Un frisson lui glaça le dos.

Ce type avait l'air évadé d'une de ces séries sanglantes où tout le monde meurt en criant *Aaaah… Tu m'as eu, espèce d'ordure !*

Il dépassa le cagibi sans s'arrêter et disparut par où il était arrivé.

Sept minutes plus tard, l'ascenseur s'ouvrait sur Camille et la copine Gaby. Les deux filles pouffaient et s'esclaffaient en se poussant du coude.

Mais Alix restait immobile dans son cagibi, ayant complètement oublié la raison qui l'avait fait se cacher là.

PARIS NEWS ACTU

votre quotidien gratuit

REBONDISSEMENT DANS L'AFFAIRE BYGUE-MONET

UN ENFANT TÉMOIN DU MEURTRE

Un enfant a vu l'assassin de Vittorio Bygue-Monet !

L'homme d'affaires italo-suisse a été retrouvé mort la semaine dernière, dans sa chambre à l'Hôtel de la Montre. On sait désormais que celui que l'on surnommait L'Éboueur d'Or, car il avait bâti sa fortune dans la collecte d'ordures, a été tué sur ordre de la Mafia napolitaine.

L'enfant qui jouait, caché dans un local de service de l'hôtel, a vu le tueur au moment où celui-ci quittait la chambre juste après son crime. Heureusement, le meurtrier ignorait sa présence. On tremble en pensant à ce qui aurait pu lui arriver !

Parmi les suspects arrêtés par la police italienne, l'enfant devra identifier le tueur car il est le seul à connaître son visage. Sous bonne garde de la police, il est actuellement en route pour Naples où l'attend le célèbre juge Farfalli, l'ennemi juré de la pègre.

ATTENTION AU DÉPART !

La foule se pressait aux portes du train de nuit n° 6687 qui reliait Paris (France) à Naples (Italie). Départ dans 11 minutes 38 secondes, signalait l'imperturbable pendule au-dessus du quai. 37 secondes... 36... 35...

Sur le quai, le contrôleur contrôlait.

Dans le compartiment C, voiture 3, Rose jeta un coup d'œil par la vitre, un autre à son amie Nadget, perchée en chaussettes sur une banquette.

– Pourvu qu'Eudoxie n'oublie pas l'heure. Elle est retournée au kiosque acheter des magazines, dit-elle.

– Des magazines... et gonfler sa provision de Bounty ! marmonna Nadget, du haut de la niche à bagages.

Échevelée, en sueur, elle essayait d'y caser sa seconde valise. L'endroit était au bord de l'explosion.

Il y avait déjà son autre valise, le sac de Rose, la valise d'Eudoxie, celles de Quitterie et de Mlle Doré, la prof qui pilotait leur classe d'Histoire.

– C'est le cabas de Mary Poppins qu'il te faut ! se moqua Rose. Celui d'où on sort des lustres, des coussins, des tabourets…

– Mon sac, c'est *déjà* celui de Mary Poppins ! gémit Nadget, désespérée. Tu crois qu'avec l'intelligence artificielle, on voyagera un jour sans bagages ?

Elle délogea sans vergogne la plus petite valise et la passa à Rose.

– Glisse-la sous la couchette, souffla-t-elle. Quand Eudoxie s'en apercevra, il sera trop tard.

Quitterie avait déjà squatté une des deux couchettes supérieures. Les orteils en éventail, elle feuilletait un guide sur l'Italie du Sud. Elle catapulta un de ses regards de pimbêche qui faisaient sa célébrité au pensionnat des Pierres-Noires.

– Tu fais quoi de ton sac bleu, Nadget ? s'enquit-elle de sa voix mollassonne qui semblait traîner la queue d'une comète en fin de parcours.

Du bout de son pied nu, elle montra l'objet qui obstruait l'allée. Nadget sauta sur le plancher pour considérer ledit sac comme s'il avait le pouvoir de se désintégrer.

– Le vider sur ta tête, et t'enfermer dedans ? suggéra-t-elle.

– L'intelligence artificielle ne pourra rien contre ta stupidité naturelle, rétorqua Quitterie, replongeant dans son guide.

Elle avait déballé toutes ses affaires sur sa couchette du haut, pour bien afficher qu'elle avait choisi cette place et comptait y rester.

– *Per favore*, c'est le comparrrtiment E, *cui* ? les interpella une dame depuis le couloir.

Avec ses larges anneaux aux oreilles, son gros chignon de danseuse flamenco, Nadget lui trouva des airs de tante Astarté.

– Non, dit poliment Rose. Ici, c'est le C. Vous n'êtes pas loin.

La dame remercia et s'éloigna avec un attirail à roulettes.

Rose retourna guetter Eudoxie à la vitre.

– Le contrôleur n'a pas l'air commode, nota-t-elle.

Sur le quai, en effet, le bonhomme était en vive discussion avec Ambroise, Milo et... Clipper.

– Dans les trains de nuit, déclarait-il, les chiens voyagent dans un panier fermé ! Seuls les chiens d'aveugles sont admis sans.

– Clipper n'a plus de panier, m'sieur. Ça s'est déchiré dans le TGV de Saint-Malo.

– C'est un chien d'aveugle ? Non. Vous êtes aveugle ? Non. Alors…

– Mais je ne peux pas abandonner Clipper ici ! gémit Ambroise. Il ne connaît personne à Paris !

– On n'a pas eu le temps d'en acheter un autre ! plaida Milo.

– Un autre chien ? grinça le contrôleur.

– Un autre panier.

Clipper se dressa alors sur les pattes et lécha la main du contrôleur, dans son meilleur numéro de charme. Le contrôleur se frotta le sourcil, résolument inflexible.

– Il voyagera avec les vélos. On lui trouvera une caisse vide. Montez. Dépêchez-vous.

Accablés, les deux garçons et le chien grimpèrent dans la voiture 3. Il y avait embouteillage dans le couloir, un quatuor de musiciens enfournaient leurs instruments envahissants dans le compartiment B.

– Nous, on est dans le D, dit Ambroise en vérifiant les billets.

Compartiment D, enfin, ils retrouvèrent les autres garçons de la classe déjà installés. La vaste tignasse rousse d'Enguerran Huppet en immersion dans son sac à dos, et Humbert Pissot (dit P'tit-Pipi car il avait toujours envie) dans les *fiiouuuu fiiouuuu fchhh* de son Space Attack version IV.

– Vous avez croisé la prof? s'enquit P'tit-Pipi, par-dessus les *fiiouuuu fiiouuuu fchhh*.

– Elle n'est pas dans le C, avec les filles?

Quand on parle du loup… Mlle Doré se matérialisa à l'instant à la porte. De fait, elle ressemblait à un loup avec sa tête en long, ses dents de dix-huit centimètres, ses mèches en jet de baleine. Un loup à lunettes, qui brandissait triomphalement un sac garni de bouteilles d'eau.

– Le bar est fermé, mais le serveur déballait ses cartons. J'ai dit qu'il était hors de question de laisser mes élèves mourir de soif!

Distribution faite, elle mit le cap sur le compartiment C. Elle refoula quelques voyageurs, offrant en guise d'excuse un sourire qui exposait la surface phénoménale de sa denture.

– Pour vous, les filles! clama-t-elle. Le bar est fermé, mais le serveur déballait ses cartons. J'ai dit qu'il était hors de quest…

– Madame, s'il vous plaît…?

Un monsieur en costume, à la figure aimable, se tenait sur le seuil du compartiment C. Il serrait une petite valise d'un côté, la main d'une petite fille blonde de l'autre.

– Ma fille voyage seule, sa maman l'attend à Naples. Elle sera à la gare pour l'accueillir. Le contrôleur est prévenu. Puis-je vous demander de veiller sur elle durant le trajet ?

– Oh !… Mais bien sûr, avec plaisir. Quel amour d'enfant ! J'accompagne huit élèves. Alors une plus, vous savez…

– On part visiter des ruines romaines ! l'informa Nadget.

– Pompéi ! Herculanum ! Paestum !… énonça Mlle Doré, lyrique.

– Le groupe « Histoire » du pensionnat, précisa poliment Rose.

– … Pozzuoli ! Le Vésuve ! continuait Mlle Doré, le sourire tout secoué d'un minuscule séisme de bonheur.

Agitation qui hypnotisa instantanément la fillette blonde. Elle devait avoir sept ou huit ans.

– On a dévalisé le marchand de bonbons et de gâteaux. Comme ma fille ne pourra pas tout engloutir en une nuit, ces jeunes filles pourront puiser là-dedans sans crainte, dit le papa en montrant le sac à dos bourré de la fillette.

C'était un gentil papa, vraiment. Des accords de guitare montèrent du compartiment B mitoyen.

– De la musique, en plus ! Tu en as de la chance, ma chérie.

– Des rappeurs, grommela Mlle Doré, avec un rictus qui déclencha un nouveau séisme dentaire, mais de répulsion cette fois. Il paraît qu'ils vont donner un concert à l'amphithéâtre de l'empereur Flavien à...

Le papa pressa chaleureusement les mains du professeur.

– Je vous remercie infiniment, me voilà tout à fait rassuré, madame.

– Mademoiselle.

– Il m'était impossible, voyez-vous, d'accompagner ma fille, ajouta-t-il à voix basse. Le contrôleur est prévenu, répéta-t-il avant d'embrasser tendrement l'enfant.

Rose, Nadget, Quitterie même, charmées d'avoir été qualifiées de « jeunes filles », trouvèrent aussitôt de la place pour la petite valise, le petit sac à dos, la petite fille.

– Tu seras sage avec la dame et ces charmantes demoiselles, hein ?

La gamine hocha docilement la tête, la mine bien sage, en effet. Le papa quitta la voiture au moment où le haut-parleur annonçait, en français puis en italien, le départ imminent ! Les personnes qui ne voyageaient pas étaient invitées à descendre au plus vite.

Rose devint très pâle. Avec un regard de panique vers Nadget et Quitterie, elle se précipita hors du C. Elle bouscula une jeune fille toute vêtue de jean qui se tenait près de la porte. Cette écervelée d'Eudoxie ! Pourvu qu'elle...

Sur le quai, le papa faisait par la vitre des signes d'adieu affectueux à sa fillette qui secouait la main. Subitement, une sorte de torpille avec des jambes, des tresses, et un gros paquet de journaux, entra en collision avec lui.

– Eudoxie ? couina la voix angoissée de Mlle Doré du fond du compartiment C. Mais... Je croyais... Elle n'était donc pas... ?

Non. Eudoxie n'était pas dans le train. Il lui manquait encore quelques secondes pour y monter ! Et la sonnerie de fermeture des portes qui retentissait !

Rose, en haut du marchepied, tendait la main. Eudoxie s'y agrippa, se hissa et sauta à l'intérieur sans lâcher ses journaux. L'instant d'après, la porte claquait !

– Mots croisés, mots fléchés, mots tordus, mots à

l'envers, mots sans E, sudoku... haleta Eudoxie aux anges. J'ai tout !

– Hum. Tu plairais à ma grand-tante Clémentine. Elle participe à un tas de tournois... et les gagne tous !

– Tous ?! fit Eudoxie, sincèrement épatée.

– Championne des clubs seniors de Normandie. Tu devrais concourir. Un seul hic : tu ne fais vraiment pas ton âge.

Le train n° 6687 abandonna les voûtes de la grande gare. Grisé par l'espace qui s'étendait face à lui, il s'emporta et prit de la vitesse.

Un long voyage commençait.

Un incroyable voyage dont le Club était loin d'imaginer tous les périls !

Attention au départ

TÊTE DE GANGSTER

Du compartiment B parvenait en sourdine un rythme hip-hop. *Toung toung dang dang...* Ambroise reconnut *Poulet enragé*, le tube rap du groupe Urban Foot.

– Première fois que je vais dormir dans un train, soupira Milo, collé à la fenêtre. Tu te couches... et demain matin tu te réveilles en Italie ! Dément, non ?

– Pas déjà l'heure de se pieuter ? grommela Humbert en quittant très brièvement Space Attack version IV.

Il ne l'avait lâché que pour aller faire pipi.

– On a un sacré bol, marmonna Enguerran, la tignasse toujours en immersion dans son sac à dos.

Il l'en avait extraite à deux reprises seulement : lorsqu'une dame avec un énorme chignon andalou s'était trompée de compartiment. Et quand le contrôleur était passé pour conduire Ambroise et Clipper au wagon à vélos.

Ambroise ruminait. Il n'avait pas ouvert la bouche depuis qu'il en était revenu.

Au moment d'aller là-bas, Clipper avait bien tenté sa version déchirante du « regard de chaton mouillé ». Mais le contrôleur était coriace.

– Il sera en compagnie des pigeons. Sont en cage, eux ! Ton chien leur fera la conversation. Suis-moi.

Ambroise et Clipper avaient dû obéir, la mort dans l'âme.

En route, ils croisèrent un jeune garçon, coiffé en brosse à vaisselle, qui sortait des toilettes, et qui émit un *ttt ! ttt !* d'amitié à l'intention de Clipper avant de continuer son chemin. Ambroise lui jeta un œil par-dessus l'épaule.

Le garçon s'était arrêté pour les observer, et avait lancé une grimace compatissante. Ils étaient du même âge. Ambroise s'était senti un peu réconforté.

À mi-chemin, après la traversée de quelques voitures, le contrôleur avait fait une halte dans une minuscule cabine-bureau qui portait l'inscription : *Local de service. Entrée interdite.* Il avait décroché une manette en fer d'un boîtier mural, puis était reparti, Ambroise et Clipper toujours sur les talons.

En queue de train, il avait ouvert le dernier fourgon avec sa manette en fer.

Il y faisait sombre. Ni moquette ni compartiments. Des poignées en cuir, fixées en rang au plafond, balançaient et cliquetaient au rythme du train, comme de sinistres nœuds coulants qui auraient attendu des pendus. Ambroise avait eu un frisson.

– Où c'est qu'elle se cache, cette caisse… ? farfouillait le contrôleur.

L'endroit était un incroyable désordre, tout encombré d'objets hétéroclites. Malles, vélos, trottinettes, outils, boîtes ou cartons ficelés de toutes les tailles s'entassaient partout, n'importe comment. La cage aux pigeons était posée contre une paroi, à demi couverte d'une toile. Dessous, on entendait des bruissements de plumes.

– Ah !… Je me rappelle.

L'homme s'arrêta devant une palette de livraison chargée d'une tonne de packs d'eau. Il repoussa un long coffre rectangulaire enveloppé d'une étoffe noire qui paraissait très lourd. De derrière, enfin, il libéra une caisse à barreaux en bois.

– Ton bestiau roupillera là-dedans comme un loir dans mon grenier.

Clipper avait hasardé sa bouleversante interprétation des « yeux de lémurien orphelin mourant d'inanition ». Rien à faire. Caisse et coffre furent remis à leur place. La manette en fer avait claqué. Le wagon fut verrouillé.

Ambroise, seul, abattu, avait repris la direction du compartiment D.

Certains avaient déjà leurs rideaux tirés. Dans d'autres, les occupants le regardèrent passer. Il remonta jusqu'à la voiture 3.

Dans le compartiment E, juste avant le sien, il reconnut Brosse à Vaisselle. Ambroise lui fit une mimique fataliste. Le garçon sortit aussitôt dans le couloir, prenant soin de fermer la porte derrière lui.

– Une punaise, hein, ce contrôleur ? Je vous ai entendus discuter, sur le quai, à Paris. Il est où ?

– Aucune idée, dit Ambroise.

– Je parle de ton chien. Il l'a mis où ?

– Le wagon à bestiaux. Avec des pigeons et des vélos.

– Il s'appelle comment ?

– Clipper.

– J'aimerais bien avoir un chien. Mais ma sœur, elle préfère les chats.

– C'est sympa aussi, un chat.

– Ouais. On n'en a pas non plus de toute façon. C'est qui, celle qui a des dents aussi longues que les doigts de Cruella ?

– Ma prof. On part visiter les ruines romaines avec la classe.

Dans le B, les musiciens continuaient leur concert en sourdine. Cette fois, ils jouaient *Cop Cop Cop Copper*, des Crude Steaks.

Brosse à Vaisselle se pencha, vérifia à droite, à gauche, baissa le ton.

– Il se passe de drôles de trucs dans ce train. T'as remarqué ?

– Des trucs ? Euh, non. Quels trucs ?

– Les quatre rappeurs du B. Il y en a un qui...

Il se mâchonna un coin de lèvre.

– Qui... quoi ?

– Un avec une tronche de Dalton.

– Oui, oui... Quoi ? s'agaça Ambroise.

– Il a... un flingue ! lâcha le garçon à voix basse.

– Un flingue ?

– Un pétard, oui. Sous son blouson. Je l'ai aperçu quand il s'est penché. Heureusement, il ne m'a pas repéré.

– Un vrai ? T'es sûr ?

La brosse à vaisselle remua vigoureusement.

– En métal. Noir. Avec... hum, 007 gravé en or sur la crosse.

Ambroise scruta attentivement le garçon. 007 ?

Gravé en or ? Sur un flingue ? James Bond lui-même se risquerait-il à un tel mauvais goût ?

– Véridique, insista l'autre devant son air sceptique. Tu verras. Une sale tête de gangster.

Brosse à Vaisselle se foutait de lui, ça ne faisait pas un pli. Ambroise décida qu'il était temps d'abréger. Les copains avaient baissé les stores du D.

– Je m'appelle Ambroise, dit-il. Et toi ?

L'autre parut pris de court. Il marqua une infime hésitation.

– Durandal ! répondit-il enfin.

– Et ton prénom ?

– C'est ça ! assura l'autre, avec un solide mouvement affirmatif de la brosse capillaire. Durandal.

– Ton prénom, c'est Durandal ?

– Mm. Mm. Durandal.

– Bon, ben… À toute, euh, Durandal.

Et depuis son retour dans le compartiment D, Ambroise ruminait.

Une idée lui venait, prenait forme. Une idée renversante… Mais il lui fallait un associé.

– Tout va bien, les garçons ? interpella la voix de Mlle Doré de l'autre côté de la porte coulissante.

– Bien sûr, Mlle Doré !!!! s'époumonèrent-ils en chœur.

– Je passerai à 20 h 45. Je veux vous voir tous au lit, endormis.

– Bien sûr, Mlle Doré !!!! braillèrent-ils derechef.

– Avec elle, ça va être cool, les randonnées dans les ruines, marmotta Enguerran depuis les tréfonds de son sac à dos.

– Ouais. Perchée, mais sympa, ricana P'tit-Pipi (évitant de justesse – *fiiouuuu fiiouuuu fchhh* – le laser d'un Protonik, féroce envahisseur de Space Attack version IV). On rigolerait moins avec le groupe de M. Entressangle qui va à Londres. Ça se dit comment, Entressangle, en anglais ?

Ambroise décocha un signe muet à Milo. Mais Milo, à plat ventre sur la couchette du haut, protesta par un geste flemmard. Qui signifiait qu'il avait déjà ôté ses baskets.

Ambroise soupira. Tant pis, il lui faudrait se débrouiller seul. Il s'éclipsa du D.

Un des rappeurs était dans le couloir. Accoudé à la barre médiane de la fenêtre, il tourna vivement la tête à l'apparition d'Ambroise.

Waow. Il avait dit vrai, Durandal. Le type avait en effet une tête de gangster ! Barbe de quatre jours, crâne rasé, capuche sortie par-dessus son col de blouson. Par réflexe, Ambroise baissa les yeux.

On distinguait bel et bien un renflement sous le blouson, une bosse au niveau de l'aisselle. Une arme !

Ambroise frémit. Durandal n'avait peut-être pas raconté de bobards.

– Dis voir, gamin. Z'êtes nombreux, là-dedans? l'interrogea soudain le rappeur.

Le son de sa voix saisit Ambroise. L'avait-il vu fixer la bosse? Et en quoi ça l'intéressait, de savoir combien ils étaient?

– Heu... On... On est quatre. Notre prof est juste à côté, se hâta de préciser Ambroise, sans trop savoir pourquoi.

Le jeune rappeur l'observait. Son regard était intelligent, avec quelque chose de déterminé, de dur, qui mettait mal à l'aise. Il hocha la tête, salua Ambroise d'un bref sourire, et disparut dans le B d'où parvenaient les pulsations étouffées d'un synthé.

Ambroise se demanda pour quelle raison son cœur battait si vite. Il souffla et se rapprocha du E, le compartiment de Brosse à Vaisselle-Durandal.

La porte coulissa brusquement, livrant passage à la dame au chignon andalou, celle qui s'était trompée tout à l'heure.

– Tu n'aurrrais pas vu li contrrrôleur, *tesoro* ? s'informa-t-elle.

Son accent faisait trembler les R et gigoter les voyelles. De larges anneaux d'argent clapotaient sur ses joues. Elle lui rappelait tante Astarté, dans une version réduite, menue et chignonnée.

– Je veux voirrr de quelle façon on a installé mes chérrris, mes oiseaux adorrrés !

– Des oiseaux ? Oh... Oui, je les ai vus ! Dans le wagon de queue.

Elle avait bien le style à cultiver des pigeons. Les mangeait-elle ?

– Un rrroc, ce contrrrrôleur, *vero* ? *Alora*, ils sont conforrrtables, mes petits chérrrris ? Tu les as vus ? *Seguro* ? Tu es sûrrrr ? Ils sont bien à l'abrrri, avec le tissu *sulla* cage ? Sinon ils ne dorrrment pas.

Ambroise s'empressa de la rassurer. Oui, les petits chéris dormaient. Oui, le tissu recouvrait bien la cage. La dame le rrrremercia mille et mille fois. Grrrrâce à lui, elle était trrranquille, c'était *tanto* assommant de parrrcourir ce long trrrain à la rrrecherche de cet horrrrible contrrrrôleur !

Pour finir, elle lui demanda son prénom.

– *Ambrosio* ? s'exclama-t-elle, toute réjouie. J'avais oune hibou autrrrrefois, il s'appelait aussi *Ambrosio ! Buona notte,* petit hibou…

Et elle réintégra le compartiment E. Ambroise profita de l'ouverture pour manifester sa présence à Durandal, lequel glissa quelques mots à la jeune fille qui l'accompagnait. Elle acquiesça et Durandal sortit.

– Qu'est-ce qui se passe ? demanda-t-il en mordant le sandwich qu'il tenait à la main. Poulet-mayo-salade, précisa-t-il en interceptant la lueur d'envie dans le regard d'Ambroise. T'en veux ?

– Non, fit Ambroise, héroïque. Dis donc, je viens de voir ton rappeur au flingue… Il a bien un flingue.

Durandal fut pris d'une toux violente, manquant s'étouffer.

– Un fl… ? T'es certain ? Je veux dire, euh… Tu l'as vu ?

– Ouais. Sous le blouson, exactement comme tu avais dit. Une bosse énorme, sous l'aisselle.

Durandal le fixait, les yeux exorbités au-dessus de son poulet-mayo-salade.

– Mais c'est pas pour ça que je t'ai appelé, confia Ambroise d'un ton de comploteur. Je veux voler une clé au contrôleur. À deux, ce sera plus facile. Tu serais OK pour m'aider ?

Nouvelle toux. Nouvelle suffocation. Nouveaux yeux exorbités.

– Une... une clé ? Pou... Pour... quoi faire ?

– On va délivrer Clipper.

*
* *

Mlle Doré avertit les filles qu'elle prenait possession d'une couchette du bas. La plus pratique et la plus proche en cas de contrôle.

« Et pour vous surveiller ! » pensa-t-elle.

Car Mlle Doré se méfiait de son sommeil. Elle menait une vie saine, sportive, équilibrée... Résultat : elle roupillait comme un bébé. Un feu d'artifice la troublait à peine.

Un jour, elle s'était réveillée, ratatinée en boule au fond d'un siège du vol Tokyo-Roissy, persuadée qu'on venait seulement d'attacher les ceintures et de décoller ! Elle était seule dans l'avion vide. Les passagers, pressés, s'étaient volatilisés, l'équipage l'avait oubliée. Elle n'avait rien entendu. Des quatorze heures de voyage, elle n'avait pas ouvert un seul œil, malgré les cris du nourrisson insatiable qui avaient vrillé les oreilles et les nerfs de tout le monde. Tout le monde, sauf Mlle Doré.

– Notre mignonne protégée dormira sur l'autre, en face de moi, annonça-t-elle. À propos, mon lapin, ton papa a oublié de nous dire ton prénom…

La mignonne protégée ôta de sa bouche le quatrième tube de compote pomme-fraise qu'elle suçotait.

– C'est Lili.

– Lili ? C'est rudement joli ! Aussi joli que toi. Et comme tu es sage !

Mlle Doré s'adressait à elle comme à une enfant de 2 ans. Lili la contempla dans un silence placide. Si Mlle Doré s'était approchée, elle aurait peut-être surpris la minuscule étincelle de malice au fond des grands yeux de la petite fille sage.

Mlle Doré les informa ensuite qu'elle allait se laver les dents.

– À mon retour, je veux vous voir en pyjama et couchées.

Elle sortit du compartiment. Elles l'entendirent frapper à celui des garçons pour répéter son ultimatum.

– Espérons qu'elle nettoie ses dents une par une, dit Nadget. Ça nous laissera au moins une heure de tranquillité. Hé!... Qui vient de me lancer un truc dans le cou?

– Pas moi, dit Eudoxie, parmi ses journaux étalés où la moitié des cases de mots croisés, fléchés, tordus, à l'envers, et autres, étaient noircies.

En haut, Quitterie se polissait les ongles de pieds, ses affaires ostensiblement déployées sur ce qui était désormais SA couchette. Elle n'en avait quasiment pas bougé depuis Paris, sauf pour se laver les dents.

– Je prends la dernière couchette en haut! déclara Eudoxie.

– Tu pourrais demander notre avis! s'indigna Nadget. Quitterie a déjà confisqué l'autre en douce... pour nous toiser de haut, je présume! Quelle sans-gêne! Rose, dis quelque chose!

– M'en fiche complètement! grogna l'interpellée qui pianotait des SMS. Je dors par terre si ça peut éviter un massacre.

La bouche d'Eudoxie se replia en accordéon.

– Je ne peux pas dormir en bas! Ni au milieu! Ça me file le mal de mer. C'est à cause des roues. Je vomis si je ne suis pas en haut!

– Au milieu, on est coincé et on a chaud! objecta Nadget, sans pitié. Je ne veux être ni coincée ni grillée! Hé! Une boulette encore? Qui...?

Elle fixa la gamine qui suçait sa compote, l'air très absorbée par le paysage assombri qui défilait derrière la vitre. Non, pas elle, se dit Nadget. Quitterie alors ? Elle ne s'abaisserait pas à une activité si frivole. Rose était rivée à ses messages...

Sûr et certain, c'était ce poison d'Eudoxie. Mais pas question de céder, non mais !

– Tirez au sort ? suggéra Rose dans un long soupir.

– Je serai malade toute la nuit ! se mit à brailler Eudoxie. Demain matin, vous aurez mon cadavre sur la conscience.

– On t'a déjà sur le dos ! rétorqua Nadget. Bon, je sors prendre l'air !

Elle ouvrit la porte, pas assez vite pour que sa joue échappe à une troisième boulette. Elle se frotta la pommette, hautaine.

Un soda frais arrangerait son humeur. Elle heurta une jeune femme vêtue d'un ensemble en jean, qui survenait en sens inverse.

– Navrée ! s'excusa Nadget. Je cherche un distributeur de boissons. Vous savez où on peut en trouver dans ce train ?

La jeune femme brune prit l'air désolé. Elle fit le signe qu'elle ne comprenait ni ne parlait le français et formula une phrase qui paraissait être en allemand. Nadget ne connaissait rien à l'allemand.

– Tant pis, soupira-t-elle. Merci quand même.

Le compartiment B, celui des quatre rappeurs, était ouvert. Les *Toung toung dang dang* avaient cessé. Nadget coula un regard à la dérobée. Ils étaient trois à jouer aux cartes au milieu d'un capharnaüm musical. Elle aperçut deux amplis, des basses dans leurs étuis, un synthétiseur.

Elle s'approcha. L'un d'eux porta vivement la main à sa poche, la reposa avec lenteur quand il vit Nadget à la porte.

– On vous a entendu jouer *Red Gyrophare*, dit-elle. C'était top !

Le petit blond, très costaud, avait l'oreille percée d'un mini-diamant.

Un tigre rugissait à pleines dents sur le tee-shirt noir du long maigre.

Le troisième, brrr… ressemblait à l'ignoble chauve mal rasé de la série *Criminal Labyrinth*, dont Saladin, le frère de Nadget, ne ratait aucun épisode.

– Il paraît que vous allez faire un concert ? continua-t-elle stoïquement, pour ne pas avoir l'air de fuir (mais regrettant les inoffensives boulettes d'Eudoxie).

– *Yes*, fit le blond. On jouera dans des ruines qui ont deux mille ans.

Un sourire avait adouci ses traits. Son expression était moins tendue. C'est lui qui avait plaqué la main à sa poche, quand elle était arrivée. Criminal Labyrinth étudiait son jeu de cartes, l'air d'attendre qu'elle s'en aille.

– Bon, ben, bonsoir, conclut-elle. Et bonne chance pour votre concert.

Elle fut remerciée par quelques marmonnements.

Elle fit volte-face à la minute où rappliquait le rappeur n° 4. Souple comme un chat, il se faufila dans le B, coulissant en silence la porte derrière lui.

Drôle de quatuor.

Nadget battit en retraite vers la plate-forme en bout de wagon. Une voix et, surtout, des mots la stoppèrent net.

Dans le recoin qui abritait les portes, une femme qu'elle ne voyait pas conversait au téléphone.

– Aucun problème depuis Paris, disait sa voix basse mais claire. Je ne peux pas parler fort. Le colis est en sûreté. Non… On garde l'œil dessus… Hein ?… Oh, ce sera la prison assurée ! OK… je vous tiens au courant.

Nadget s'était avancée de deux pas. Mais, dans un réflexe obscur, elle rebroussa aussitôt chemin.

Celle qui téléphonait se tenait de dos. Nadget, pourtant, identifia sans peine la chevelure brune et l'ensemble en jean.

C'était la jeune femme qui prétendait ne pas parler français !

Il ne s'appelait pas du tout Durandal. Son vrai prénom était Léo.

D'où ça lui était venu, ce nom de Durandal ? Il ne savait pas. Ça faisait chevalier du Moyen Âge. Style Charlemagne… Ou, mieux, style Far-West. Dans les westerns, les voleurs de trains se nommaient souvent Matt, Josh, Gary, bref, Quelque Chose Randall.

C'était en tout cas plus rigolo que Léo. Ça décoiffait, Durandal. C'était hé-ro-ï-que !

La vie de Léo n'était pas du tout héroïque. Dans sa classe, ils étaient trois Léo, et une bonne quinzaine dans tout le collège. Quand on s'adressait à un Léo, ça n'était jamais lui.

Il voyageait avec sa grande sœur qui avait onze ans de plus. Eugénie le traitait comme s'il était un de ses élèves. Elle était institutrice en maternelle depuis la rentrée.

Léo acheva en hâte son poulet-mayo-salade. Il escortait son nouvel ami à travers les voitures du train n° 6687.

Marrant, cette histoire de flingue sous le blouson du rappeur. Léo-Durandal avait inventé ça (*yes*, totalement inventé !) sous le coup d'une inspiration créative. Histoire de parler, de rendre passionnant le ronron du voyage.

Il le faisait souvent dans son train de banlieue. Il engageait la conversation, avec une vieille dame par exemple. Il lui racontait que la prof de sciences leur faisait avaler des insectes vivants, ou que son petit frère (il n'en avait pas) savait jongler avec douze assiettes, ou que son père (qui n'avait jamais quitté Saint-Mandé) travaillait à Hong-Kong pour les services secrets du Premier ministre.

Bon… Plus il y réfléchissait, plus il était convaincu que cet Ambroise racontait des blagues, lui aussi. Parfait ! Il ferait semblant de le croire. Mais Ambroise ne perdait rien pour attendre ! Car justement… un gros titre sur le journal de sa sœur venait de lui donner une idée.

On allait bien rigoler.

Ambroise s'arrêta devant une cabine marquée *Entrée interdite*.

– C'est là. La manette est à l'intérieur, chuchota-t-il. Surveille !

Un couple avec un bébé stationnait dans le couloir, sans faire attention à ces deux gamins en vadrouille. Ambroise toqua à la porte interdite. Personne. Il tourna le loquet. C'était ouvert.

Après avoir vérifié que le contrôleur demeurait invisible, Ambroise entra, décrocha la manette en fer, la fourra dans sa poche et ressortit. Il suait un peu. Là-bas, le couple faisait des guili-guili au bébé.

– T'as encore besoin de moi ? murmura Durandal.

Le train se jeta alors dans un tunnel avec un fracas assourdissant. Il attendit pour répéter la question.

– On n'a pas fini, répliqua Ambroise. Si le contrôleur rôde du côté du wagon à vélos, faudra l'occuper. Vu ? Et aussi après, au retour, quand on aura récupéré Clipper. Marche devant.

Le contrôleur, ils l'aperçurent trois voitures plus loin. Il renseignait deux messieurs.

– Dépêche ! souffla Ambroise. Mais cool…

Il rentra le cou et se dissimula autant qu'il pouvait derrière Durandal. Il frémit quand il dut frôler la veste de l'uniforme. Une fois qu'ils l'eurent dépassé, il n'osa pas se retourner. L'homme les avait-il repérés ?

Enfin, le fourgon à vélos ! Un dernier coup d'œil aux alentours. Jusqu'ici, tout allait bien. Ambroise enfonça la manette, tourna. Les deux garçons s'engouffrèrent.

Ambroise eut l'impression qu'il y faisait plus noir que tout à l'heure.

– Clipper ? Je suis là, mon chien…

C'était idiot, mais malgré le bruit des roues il n'osait pas crier. Il entendit un jappement discret. Il contourna et enjamba des formes obscures, des objets indéfinis.

– Aïe !…

Le coin d'un caisson en métal venait d'attaquer le genou de Durandal. Mais, peu à peu, leurs yeux distinguèrent mieux. Deux boîtiers *Sortie de secours* infusaient une brumeuse lueur verdâtre.

– Quel foutoir ! Tu as vu ? Il y a même des oiseaux.

– Ouais. Des pigeons. Ils appartiennent à une femme dans ton compartiment. Celle avec le chignon et les anneaux.

Durandal souleva le tissu sur la cage.

– C'est des colombes. Ou des tourterelles ? Je sais pas trop.

– Clipper… Où est-ce qu'il t'a fourré, cet empaffé ?

– Derrière les packs d'eau. Après ce grand truc noir.

Le « grand truc » était une grosse masse inclinée, ténébreuse, qui barrait le passage.

– Brrr... C'est quoi, ce machin ? demanda Durandal.

Ambroise reconnut le long coffre rectangulaire, protégé dans sa toile noire. On entendait Clipper qui gémissait de l'autre côté. La caisse qui le gardait prisonnier était coincée entre la paroi du wagon, l'énorme palette de bouteilles d'eau, et ce long coffre noir.

Ambroise entreprit l'escalade du coffre. Le wagon brinquebalait sur les rails. La toile sombre dérapait sous ses semelles et ses mains. Il avait l'impression d'être sur un toboggan. Il parvint non sans peine au bord du coffre. À plat ventre, il entrevit des yeux brillants au fond de ce qui ressemblait à un gouffre noir. Clipper ! Comment saisir cette maudite caisse ? Comment la soulever ?

Il redescendit pour tenter de pousser le long coffre. Impossible. Trop lourd, ou trop bien calé. Il le gravit à nouveau.

– Monte m'aider ! chuchota-t-il.

Durandal rampa à son tour.

– Tiens-moi par une jambe, je vais plonger là-dedans, dit Ambroise.

– T'es malade ! Si tu tombes, tu remontes comment ?

– Fais comme je dis. Agrippe-moi ferme !

Durandal souffla bruyamment, mais obéit. Ou fit de son mieux pour obéir, car ses doigts patinaient sur les chaussettes en polyamide d'Ambroise, et la toile patinait sous lui. La moitié supérieure de son coéquipier avait basculé de l'autre côté du coffre rectangulaire. Et le train continuait à brinquebaler.

– Tu l'as ?

À peine Durandal eut-il haleté ces paroles que le coffre émit des grincements inquiétants et commença à osciller sous eux.

– Grouille ! glapit-il, sentant la toile noire riper sous ses baskets.

Soudain, dans un grondement effroyable, le coffre chavira contre les packs d'eau, glissa sur le plastique et alla atterrir sur le sol du wagon !

Silence. Le silence d'un train qui roule à 180 km/h.

– Je l'ai ! s'écria Ambroise, cramponné triomphalement à la caisse de Clipper. Ça va, toi ?

Durandal se remit debout. Oui, ça allait. Ambroise

débloqua le loquet. Clipper, libéré, s'élança illico dans ses bras. Durandal le caressa, lui grattouilla les oreilles. Le chien frétillait, au comble de la joie.

– Il est super, murmura-t-il.

– Ouais, convint Ambroise, avec une belle simplicité.

La chute du coffre avait dégagé un espace qui facilitait le passage. Au moins ça de pris ! Le train, alors, commença à ralentir.

– On laisse tout ça en plan ? interrogea Durandal, montrant le coffre par terre. Bah, ils penseront qu'un cahot l'a...

– Chut !

Ils entendaient des cliquetis. La serrure ! On ouvrait la porte !

Ambroise propulsa Durandal derrière une malle en métal bleu. Ils s'accroupirent. Le train freina sauvagement. Il allait s'arrêter bientôt.

– C'est lequel, votre vélo ? demanda la voix du contrôleur à quelqu'un.

On farfouillait dans le wagon. De sa main, Ambroise entoura le museau de Clipper pour l'empêcher d'aboyer. Ils retenaient leur souffle.

– Le vélo rouge, là ! dit une voix féminine.

– Une chance pour vous que je garde un double

de cette fichue manette dans mes tiroirs, maugréa le contrôleur. Sans ça, votre vélo restait enfermé... Où est-ce que j'ai fourré l'autre ? Faut penser à tout, ici. Ah, là, là, vivement demain matin ! Allez, on arrive, faut que j'y retourne.

– Merci, monsieur.

La porte claqua. De l'extérieur montaient des brouhahas de débarquement, d'embarquement, de voix sur le quai, et dans les haut-parleurs.

Dans la pénombre, à l'abri de leur malle, Ambroise et Durandal patientaient côte à côte. Au milieu du capharnaüm, le contrôleur n'avait pas remarqué le déplacement du coffre. Le train s'ébranla et repartit doucement.

Victoire ! Il n'y avait plus qu'à vider les lieux. Et vite.

Poussée par leur élan d'enthousiasme, la malle bleue slaloma, apparemment vide car légère, et s'en alla heurter la paroi. Ambroise fourra Clipper sous son sweat-shirt.

– Motus, hein. Plus un mot, plus un geste. Compris ?

L'animal se mit en boule et se tint coi.

– Aïe ! gémit Durandal. Deuxième fois que je me cogne. Cette fois, c'est mon orteil qui...

Il se tut subitement.

Son silence fut si long, si inquiétant, qu'Ambroise, à la porte, pivota. Durandal se tenait, pétrifié, devant le coffre rectangulaire. Son index pointait vers le sol, et sa figure sous les lueurs verdâtres exprimait l'horreur.

– Quoi encore ?

Ambroise revint sur ses pas et se pencha.

Ça sortait du coffre... Ça dépassait sous la toile noire...

Des pieds. Des pieds chaussés de souliers d'homme !

– C'est... Ce... Ce coffre... C'est... un... un...

Cheveux dressés sur la tête, ils se dévisagèrent, les yeux agrandis d'épouvante. Leurs lèvres, comme gelées, articulèrent lentement le mot qu'ils n'osaient prononcer.

Ce qui gisait là, devant eux, sur le sol, était un cercueil !

Mystère à bord

L'HOMME AU REVOLVER

Le train n° 6687 filait, filait, insouciant dans la nuit.

Dans l'obscurité, deux cerveaux bouillonnaient. Ils bouillonnaient séparément, mais à toute vapeur.

Compartiment C, couchette du milieu, le cerveau de Nadget s'interrogeait sur la conversation entendue sur la plate-forme. Un colis... Quel colis ? À surveiller ? Pour quel motif ? Et pourquoi *« Oh, ce sera la prison assurée ! »* La prison pour qui ? De qui, de quoi parlait-elle, cette jeune Allemande dans son ensemble en jean ? Dans quel but faisait-elle semblant d'ignorer le français alors qu'elle le parlait comme vous et moi ?

À son retour, Nadget, tracassée, en avait oublié Eudoxie et leur dispute. Elle s'était mise en pyjama comme les autres, puis avait médité sur une couchette intermédiaire, en silence, sans rechigner, sans même remarquer la mine ébahie d'Eudoxie.

En geste de paix, cette dernière déposa un journal et une bouteille de soda sur la couverture de Nadget, qui la remercia distraitement. À Rose, sur la couchette en face, Nadget envoya un SMS : *Dès qu'elles dorment, on sort. Faut que je te raconte. Grosse énigme pour le club !*

Compartiment D, le cerveau d'Ambroise, lui, essayait de recouvrer son calme. Quel effroi, ce cercueil ! Et, quelle horreur, ces… pieds qui en sortaient !!! Il était encore tout parcouru de frissons.

Avec Durandal, ils avaient déguerpi du fourgon telles des flèches ! Oubliant même le contrôleur.

Ils étaient passés devant la cabine *Entrée interdite*. Le contrôleur, assis, y compulsait ses fiches. Il les avait suivis du regard en se frottant le sourcil. Ambroise avait eu le réflexe de se servir de Durandal comme paravent. Il portait Clipper du côté opposé. Blotti sous le sweat-shirt, le chien était resté invisible. Ouffff !

Maintenant, Clipper était couché à ses pieds, caché sous la couverture.

Sous le halo bleuté et avare de la veilleuse, Enguerran dormait, sa tignasse pas très loin du sac à dos. Ses narines ronronnaient. P'tit-Pipi avait rallumé en mode silencieux Space Attack version IV sitôt après l'ultime tournée d'inspection de Mlle Doré. Les deux couchettes du bas étaient inoccupées. Des passagers arriveraient sans doute au cours de la nuit. Une étiquette indiquait qu'elles étaient réservées.

Ambroise se tournait et se retournait sur la couchette.

Et il y avait aussi ce type... Le rappeur à la mine patibulaire, avec son arme. Il avait raison, Durandal. Il se passait de drôles de trucs dans le train... Il fallait absolument mettre Milo au courant. Son cœur allait éclater sinon. Il se dressa sur un coude, son regard fouilla la couchette en face... Génial, Milo ne dormait pas !

Il se laissa glisser sur le sol. Clipper bougea une oreille, le vit chuchoter quelques mots à Milo, qui se releva. Les deux garçons relacèrent leurs baskets, mirent des sweats par-dessus leurs pyjamas. Pour finir, Ambroise fit un signe à Clipper qui n'attendait que ça. Il bondit sur le sol, excité d'avance.

Catapulté parmi les galaxies, au cœur d'une 7e bataille entre les Swyttgloo et les Kazwuth, P'tit-Pipi les vit à peine sortir.

*
* *

Le couloir était désert, les stores des compartiments tous baissés. Clipper, prudemment, avait regagné sa place sous le tee-shirt d'Ambroise.

À la seconde où il s'apprêtait à déballer leurs mésaventures dans le wagon à vélos, Ambroise referma la bouche. Milo, d'un sourcil, venait de lui faire remarquer que le compartiment voisin était entrouvert.

Il s'agissait du compartiment E, où se trouvaient Durandal et sa sœur, la dame au chignon espagnol et une jeune femme dont on percevait, par l'entrebâillement, une mèche brune et un bout de sa veste en jean. Elle était assise, appuyée contre la porte. On ne voyait pas si elle dormait.

Ils s'éloignèrent dans l'autre sens. Mais la porte des rappeurs n'était pas close, elle non plus. Un interstice laissait filtrer l'air.

– Sur la plate-forme, souffla Milo. On verra le contrôleur, s'il arrive.

Là-bas, Ambroise stoppa net, avec un hoquet. Heureusement, ce ne fut qu'un hoquet. Dans sa frayeur, il aurait pu aussi bien hurler.

Accoté à la porte du train, le rappeur au flingue pianotait sur son portable. Très concentré sur l'écran.

Les garçons firent volte-face. Au pas de course, ils

gagnèrent l'extrémité du couloir. Milo s'arrêta dans le recoin aux WC.

– Entre là ! ordonna-t-il. Laisse ouvert. Je reste dans le couloir. Si quelqu'un débarque, tu t'enfermes avec Clipper.

Impeccable. Ambroise obéit. Milo se cala près de la porte, le dos à la paroi et écouta le récit de son camarade. De temps à autre, il se penchait négligemment pour surveiller les alentours.

À la fin, il émit un léger sifflotement.

– J'aurais dû t'accompagner. C'était plus marrant que les Kazwuth de P'tit-Pipi et qu'Enguerran dans son sac à dos !

– Tu trouves ça drôle, toi ? Le coup du cercueil, j'ai failli avoir une attaque !

Milo réfléchissait.

– Ça arrive que des défunts soient convoyés pour être enterrés dans leur terre natale. T'as jamais vu ça, dans les films ? Non… Ce qui me chiffonne, c'est le type au revolver. Bizarre qu'il le garde sur lui. On n'est pas au Texas. S'il n'a pas de mauvaise intention, cette arme devrait être rangée au fond d'une valise… Sauf s'il a un motif pour l'avoir à portée de main.

– Un motif ? Genre ? demanda Ambroise, toujours dans les WC.

– Sais pas. En tout cas, faut l'avoir à l'œil.

– Pas rassurant. Qu'est-ce qu'on va faire ?

– Raconter ça aux filles. Club de la Pluie oblige.

Milo se raidit. Quelqu'un trottinait au bout du couloir.

– Dis donc, murmura-t-il. Ton Durandal, il a pas une coiffure en brosse à cirage ?

– À vaisselle. Pourquoi ?

– Il arrive.

Durandal ralentit à leur hauteur. Sa figure s'éclaira.

– Ambroise ! Je te cherche. J'ai attendu une heure que ma sœur roupille. Clipper est avec toi ?

Ambroise sortit du réduit. En reconnaissant ce vieux Durandal, Clipper céda à des manifestations d'enthousiasme qu'Ambroise dut réprimer incontinent.

On fit les présentations.

– Faut que je te dise… commença Durandal.

Il coula un regard suspicieux vers Milo.

– Tu peux parler devant lui, assura Ambroise. On est le Club de la Pluie.

On lui exposa ce que c'était. Durandal écouta, proprement émerveillé.

– Wah !… fit-il, ébahi. Le Club de la Pluie ? C'est… super.

Les trois membres du Club présents se rengorgèrent sobrement.

– Bon, tu voulais me dire quoi ? reprit Ambroise.

Durandal hésita. Puis il plongea la main dans sa poche, en tira un article de journal, le déplia avant de le leur coller sous le nez.

REBONDISSEMENT DANS L'AFFAIRE BYGUE-MONET

UN ENFANT TÉMOIN DU MEURTRE

– Vous êtes au courant ?

– Les infos en ont parlé toute la semaine, dit Milo. Difficile de passer à côté. Et donc ?

– Lisez. Ce sont les derniers éléments connus.

Ils lurent. Il était question d'un enfant qui était la seule personne à avoir aperçu le visage du tueur après le meurtre.

– On sait tout ça, déclara Ambroise.

–Vous n'avez pas lu la fin ! s'impatienta Durandal en agitant la feuille.

> « Il est actuellement en route pour Naples où l'attend le célèbre juge Farfalli, l'ennemi juré de la pègre. »

Il tourna la tête à droite, puis à gauche. Il se pencha vers eux.

– J'ai dit que je voyageais avec ma grande sœur. En vrai (il baissa encore d'un ton)... Ce n'est pas du tout ma sœur.

Ils le fixèrent sans comprendre.

– C'est une flic. En vrai, Eugénie est ma... garde du corps.

Ils le fixaient toujours. Durandal affichait une mine soucieuse, tourmentée.

– Le rappeur avec le flingue... Il est sûrement après moi. Ils ont mis des tueurs à mes trousses. Mais il ne sait pas que je l'ai localisé. Il va falloir m'aider, le Club, parce que... je suis en danger!

– Tu veux dire... que tu es...?

Durandal hocha la tête. Sa voix prit un accent solennel et tragique.

– J'étais en Suisse la semaine dernière. Mon père, euh, il est... Il est dans les chocolats. On en mange tout le temps à la maison. Sauf ma mère, ça lui donne mal au foie, elle dit que... Enfin, bref, abrégea-t-il, sentant qu'il s'embrouillait. C'est... moi dont ils parlent dans le journal. J'ai vu le tueur. C'est moi que le juge Farfalli attend à Naples.

Les deux autres écoutaient, bouche bée.

Ils ne sentirent même pas que le train ralentissait!

DES VOYAGEURS DE PLUS EN PLUS BIZARRES

Le train ralentit, donc. Exactement au moment où Nadget et Rose s'éclipsaient avec mille précautions du compartiment C. Toutes deux s'étaient rechaussées, avaient enfilé des pulls. Tout cela sans bruit.

Une fois dehors, elles collèrent l'oreille à la porte coulissante. Aucun son à l'intérieur. Mlle Doré dormait du sommeil du marathonien après le marathon, souriant et insensible. Les autres filles aussi.

Seule la petite Lili avait remué sur la couchette basse. Néanmoins, ses paupières étaient restées closes durant leur délicate opération « ouverture et fermeture de la porte ».

Nadget s'était munie du soda offert par Eudoxie, prévoyant qu'on allait beaucoup parler.

– La fausse Allemande est dans le compartiment E, rappela-t-elle tout bas.

– D'abord, mettons les garçons au courant, dit Rose. C'est une affaire pour le Club, après tout.

Nadget acquiesça. D'autant qu'il n'y aurait pas de Mlle Doré pour les gêner dans le compartiment D ! On y serait tranquille. Elles se postèrent à la porte des garçons et, lentement, finement, la coulissèrent à demi.

Les quatre couchettes du bas et du milieu étaient vides.

En haut à droite, Enguerran, assoupi, ronronnait près de son sac à dos. À gauche, les lunettes d'Humbert clignotaient aux lueurs d'une tablette.

– Ambroise et Milo ne sont pas là ? s'étonna Rose à voix basse.

Humbert obliqua la tête et ses verres de lunettes prirent l'aspect de deux gros comprimés blancs.

– Sortis il y a deux minutes, grommela-t-il. Pipi peut-être… ?

Ses lunettes revinrent à l'écran et se remirent à clignoter. Pour Humbert Tissot, dit P'tit-Pipi, la réalité était un plastique étirable. Depuis la sortie de Milo et d'Ambroise, il avait livré trois batailles à travers les galaxies de Space Attack IV. Il s'était en fait écoulé davantage que deux minutes. Mais le temps virtuel possède des mesures bien à lui.

Sur la pointe des pieds, les filles refermèrent la porte aussi finement qu'elles l'avaient ouverte… et tombèrent nez à nez avec le rappeur au faciès d'égorgeur. Nadget frémit.

– Alors, on ne dort pas ? ricana-t-il. Va pas être enchantée, la prof.

Elles le fixaient, hypnotisées. En plus, il parlait d'une voix de stentor, cet abominable débile ! Il allait réveiller la prof qui, en effet, ne serait pas du tout enchantée ! Son copain, le chauve mal rasé, vint le rejoindre.

– Allons, allons, Sloop. Tu faisais pas l'école buissonnière, toi aussi, hé ?

Il tentait de faire l'aimable, mais il ressemblait plus que jamais au méchant de *Criminal Labyrinth*. Il explora les alentours du regard, comme s'il vérifiait quelque chose, puis il regagna le B.

– On… on cherche les toilettes, dit Rose, usant de son inoubliable voix sucrée de première de cordée. Vous savez où c'est ?

Sloop-L'Égorgeur montra la direction. Rose susurra un *« merci infiniment, m'sieur »* et elles filèrent. Au bout du wagon, elles se retournèrent. Il avait disparu.

Les WC étaient fermés. Elles patientèrent un peu.

Le 6687 freinait maintenant avec vigueur. Long crissement. Soubresaut. L'arrêt, enfin.

Le silence tomba tel un dôme de pierre. Sur le quai, des panneaux : *Torino.*

– On est à Turin, lut Rose. Déjà l'Italie…

Nadget toqua résolument aux WC.

– Il y a quelqu'un ?

Elles eurent la surprise de voir le verrou tourner. Le battant, graduellement, s'entrebâilla… pour livrer passage à Milo, Ambroise, Clipper !

– Vous êtes là ?! On vous cherchait part…

– Oh ! interrompit Rose, constatant que les garçons étaient trois.

Un inconnu, du même âge qu'eux (et étrangement coiffé, jugea Nadget), les accompagnait. Ambroise mit le doigt sur les lèvres.

– On se planque… et pas uniquement du contrôleur ! dit-il, énigmatique.

– J'ai reconnu ta voix, Nadget, heureusement ! chuchota Milo. Sinon, on restait enfermés là-dedans jusqu'à Naples. Lui, c'est Durandal. On va vous expliquer.

Mais soudain la portière du wagon s'ouvrit en grinçant. Une espèce de lampadaire en velours se hissa en soufflant sur la première marche. Du quai, une voix d'homme jeune l'encourageait en italien. Le lampadaire franchit pesamment, péniblement, la deuxième marche. Dessous, une corpulente personne apparut, gémissante et marmonnante.

– *Mio Dio, mio Dio, mio Dio, mio Dio*... se lamentait-elle dans sa barbe.

La dernière marche sembla un obstacle aussi dur à franchir que le fleuve des Enfers. Milo et Ambroise se précipitèrent pour l'aider.

Le lampadaire (en réalité un chapeau bien enfoncé) révéla un menton empâté, une bouche qui maugréait. Derrière la dame, sur le marchepied, apparut la physionomie avenante d'un jeune homme bouclé. Il portait à l'épaule un sac en toile. D'une main, il sirotait à la paille une mini-brique de jus de carotte. De l'autre, il soutenait la dame chapeautée du lampadaire.

– *Grazie tanto... È un po' difficile per una nonna.*

Il s'était adressé à eux en italien. Il vit qu'ils ne comprenaient pas.

– Cette pauvre grand-mère souffre de rhumatismes, expliqua-t-il. Elle est également sourde. On se doit d'être gentil et compatissant, n'est-ce pas ?

Il s'exprimait avec un accent charmant, des manières affables et suaves. Nadget trouva qu'il ressemblait à l'acteur Timothée Chalamet. Rose y pensa aussi. Ambroise s'exclama : un museau pointait du sac rembourré !

– Le contrôleur a une dent contre les chiens, prévint-il. Si vous voulez voyager avec le vôtre, il faut le cacher.

Il désigna la bosse que faisait Clipper sous son sweat. D'abord surpris, Timothée Chalamet cligna un œil complice.

– *Oh… Capito.* Compris !

Les deux bestiaux se reniflèrent. Celui du jeune homme paraissait timoré et apeuré.

– Il déteste les voyages, dit son maître avec un soupir.

– *Mio Dio, mio Dio, mio Dio…* s'impatienta la grosse vieille dame sourde sous son impayable couvre-chef. *Dove è… ?*

Cuirassée dans un bloc de châles, de laines, de jupons, geignant sans cesse, elle bouscula Milo qui se trouvait sur le passage.

Il fit un bond de côté. La grand-mère sourde ne manquait ni de détermination ni de poids en tout cas ! Il se frotta le bras, avec l'impression d'avoir été heurté par un char blindé.

À pas de tortue, le jeune homme au chien guida

la vieille dame par le coude, le long du couloir. Elle s'immobilisa devant un compartiment.

– Mince, elle est dans le mien!... Elle va réveiller Eugénie! s'inquiéta Durandal. Ma... garde du corps va me sonner les cloches si je n'y suis pas! C'est une teigne, vous savez. Une vraie *killer!*

Ils le virent filer au galop, doubler adroitement le char blindé en jupons, et s'engouffrer dans le E. La vieille dame y pénétra à sa suite. Timothée Chalamet, lui, entra dans le compartiment suivant.

– C'est le nôtre, zut! pesta Milo. Va falloir se trouver un autre endroit pour discuter en paix.

– J'ai rêvé, ou Durandal a bien dit *sa garde du corps*? lança Nadget, le sourcil interrogateur.

LE CLUB A UN PLAN

Pas commode de dénicher un coin désert et tranquille dans un train !

Ils avisèrent enfin un renfoncement, juste avant le wagon-bar, fermé à cette heure. Ils se calèrent, assis en rond, derrière des casiers à bouteilles vides. Milo sortit de sa poche un jeu de cartes, distribua.

Ils ne jouèrent pas, naturellement. C'était un faux alibi. Les garçons entreprirent de résumer les événements aux filles. Et vice versa.

– Quelle histoire ! conclut Nadget en malmenant son valet de pique.

– Cette fausse Allemande, il faut l'avoir à l'œil ! reprit Rose.

– Pareil pour le rappeur au revolver, rappela Ambroise. Et ses copains !

– Pauvre Durandal. Ce n'est pas drôle d'être un témoin en danger.

– Mais voilà une aventure pas ordinaire pour le Club, nota Nadget avec un brin d'excitation.

– Risquée même ! murmura Milo. Je crois que j'ai un plan.

– Moi aussi, dit Nadget. Pourquoi ne pas déguiser Durandal ? En fille, par exemple ?

– Inutile ! objecta Rose. Les gangsters ne l'ont jamais vu. Le journal ne précise pas si « l'enfant » est une fille ou un garçon. C'est fait exprès. Pour des raisons de sécurité.

Elle marqua un temps de réflexion.

– En fait, *tous* les enfants qui voyagent à bord de ce train pourraient être le témoin en danger. Y compris… nous ! Notre classe.

Ils n'y avaient pas songé. Un silence s'abattit, glacial comme un frisson.

– Mais on a un énorme avantage sur les malfaiteurs, reprit Rose avec confiance. Nous, on connaît le témoin. Pas eux.

– Et nous, on les a repérés, ajouta Nadget. Ça nous donne au moins un… train d'avance ! Tu disais que tu avais un plan ?

Milo opina. Ambroise se pencha hors de la pile des casiers pour s'assurer qu'ils étaient seuls. Il croyait avoir entendu un bruit. Mais non, personne. Il libéra

Clipper du sweat-shirt et le laissa s'étendre à côté de lui.

– L'urgence, c'est de mettre Durandal hors de danger. Il doit rester invisible jusqu'à Naples ! Là, la police le prendra en charge. Durant le trajet, il faudra surveiller les mouvements des rappeurs et de la fausse Allemande. Chacun de nous montera la garde, à tour de rôle. Au moindre geste suspect, on donne l'alarme.

– Où veux-tu planquer Durandal ? On a déjà eu un mal fou à trouver ce coin. Qui n'est même pas une cachette.

Le regard de Milo fit le tour de leur cercle.

– Dans le wagon à vélos.

Ambroise tressaillit, soudain tout pâle. Il bégaya :

– Le wag… ! Avec… le… le mort dans… le cercueil ? Il ne voudra jamais ! Et je le comprends.

– C'est le seul lieu sécurisé, affirma Milo. Tu as gardé la manette. À part toi et le contrôleur, personne ne peut entrer dans ce wagon. Je lui prêterai ma tablette avec des films. Il aura des provisions. Et… j'ai aussi pensé à autre chose.

– Quoi ? fit Nadget qui trouvait ce plan irréprochable.

Elle proposa son soda à la ronde. Comme personne

ne voulait boire, elle s'expédia deux gorgées. D'un coup, sa figure se boudina, se contorsionna en remous remarquables.

– *Pou-ouuAAH !* recracha-t-elle. Du... sel ?!

Elle fixa la bouteille comme un de ces champignons qu'il ne faut pas manger.

– La crasse ! La cochonne ! L'immonde vermine ! Eudoxie ! Je vais la...

Rose esquissa une moue fataliste.

– Il n'y a pas que la pègre qui règle ses comptes. Continue, Milo. Tu pensais à quoi ?

– Ambroise pourrait laisser Clipper à Durandal jusqu'au terminus.

L'intéressé eut un nouveau sursaut, ouvrit une bouche muette, trop estomaqué pour riposter.

– Milo a raison, l'apaisa Rose. Ça t'embête de laisser Clipper tout seul, n'est-ce pas ? Là, il aura un compagnon. Durandal aussi. Et toi, tu cesseras de jouer au chat et à la souris avec le contrôleur.

Ambroise se renfrogna.

– Ce n'est que pour quelques heures, insista gentiment Milo.

– Il s'agit de déjouer un crime ! lui rappela Nadget avec sévérité. Sans compter que Clipper fera un excellent vigile.

– À propos… Si la garde du corps découvre sa disparition, elle risque de s'affoler.

Ils s'interrompirent. Encore un bruit, par là-bas… Ils firent semblant de jouer aux cartes. Mais personne ne vint. Rose vérifia d'un regard furtif. Rien. Les craquements du convoi, sans doute.

– Si elle le cherche, on lui expliquera, dit Milo. N'oubliez pas qu'on montera la garde. On la verra donc sortir du compartiment.

– Je suis certaine qu'elle trouvera notre plan génial. Pourquoi ne pas lui en parler avant ?

– Puisqu'elle dort, à quoi bon ? Mais il faudra l'aborder avec discrétion. Rappelez-vous que la fausse Allemande occupe le même compartiment.

– Vous ne trouvez pas ça bizarre, quand même ? cogita Nadget. Une garde du corps qui dort ?

– Eugénie est censée être sa grande sœur. Elle ne peut pas se comporter comme un policier. Ça éveillerait les soupçons.

– Des vigiles qui roupillent, des gardiens de musée qui somnolent… Il y en a plein les films.

– En outre, cette Eugénie ne sait pas tout ce que nous savons.

Nouveau craquement… Ils se turent, brandirent les cartes. Deux silhouettes approchaient.

– Le bar est ferrrmé ! s'exclama une voix déçue.

C'était la dame au chignon flamenco, celle aux faux airs de tante Astarté. Elle était suivie de Timothée Chalamet.

– C'est *troppo* dommage, dit-il de sa voix douce et souriante. J'espérais trouver une friandise pour mon chien. Tant pis.

Il confia malicieusement à Ambroise :

– J'ai suivi ton conseil. Il est sous ma couchette, la couverture par-dessus.

– Une vrrraie ménagerrrie, ce trrrain, pas vrrrai ? gloussa la dame avec malice. Des chiens, des oiseaux… Hélas, il y a parrrmi nous un dompteurrr ! Je veux dire… un contrôleurrr ! Oh… des carrrtes ?

Elle s'empara prrrestement d'une dizaine, les battit d'une main experte, exhiba bien haut le roi de cœur. Puis elle re-mélangea, avant de les présenter en éventail. Nadget en choisit une. C'était le roi de cœur !

– Bravo, *bravissimo* ! s'écria Timothée Chalamet, amusé.

– Facile ! *Molto facile* ! s'esclaffa la dame. Mais tout ça ne guérrrit pas ma soif. Ah… *Basta*, c'est la vie. Bye bye, *arrivederci*, les petits.

Timothée Chalamet lui proposa une mini-brique extraite de sa poche.

Elle fit la grimace, puis un demi-tour. Il l'escorta en sirotant son jus de carotte.

– Vous croyez qu'ils nous ont entendus ? dit Rose quand ils furent seuls.

– Je ne pense pas, répondit Milo. Ils sont arrivés quand on terminait. Bon, vite. Voilà dix minutes que Durandal est sans protection.

– Le plus dur reste à faire, grogna Ambroise. Le convaincre d'aller s'enfermer là-bas, avec le… le… machin.

Le Club a un plan

AVEC LE CERCUEIL

Pour la seconde fois, cette nuit-là, les cheveux de Durandal se dressèrent encore plus droit sur sa tête !

Eugénie avait ouvert l'œil lorsque la grand-mère sourde avait débarqué dans leur compartiment pour s'installer sur la couchette basse, (avec moult grincements de corsets). Elle se trouvait en face de la jeune femme allemande qui ne parlait pas le français… et qui ne dormait pas.

La grande sœur avait soupiré, subissant d'un sale œil les contorsions de la nouvelle venue et ses *mio Dio mio Dio* grommelés.

– Il est tard, avait-elle grogné à son frère. Qu'est-ce que tu fabriques debout à cette heure, Léo ? Couche-toi.

Il avait obéi et grimpé. Eugénie s'était tournée vers le mur et rendormie.

Là-haut, il lui vint une idée furieusement mirifique. Il attendit que le compartiment retrouve le calme. La vieille dame s'était affalée, tout harnachée.

En silence, il forma un rouleau avec sa couverture, le disposa sous le drap. Il fit une boule de son pyjama, qu'il plaça au niveau de l'oreiller. Waow, impec ! Dans la pénombre bleutée de la veilleuse, on aurait juré que quelqu'un dormait là-dessous !

Il se laissa glisser en douceur à bas de la petite échelle. Il eut un moment de panique en apercevant les yeux de la grosse vieille dame fixés, grands ouverts sur lui !

Mais un ronflement chuintait de ses lèvres. Ça existait donc ? Il avait entendu parler de gens qui roupillaient les yeux ouverts. Il frissonna.

Il jeta un œil furtif vers l'Allemande. Elle ne dormait pas, il l'aurait parié. Elle avait conservé ses vêtements en jean. Mais ses paupières étaient closes, sa tête appuyée contre la porte, près du store baissé, comme si elle voulait admirer le paysage par l'interstice.

Il coulissa la porte avec des précautions de chirurgien.

Sitôt dans le couloir, il se faufila à côté, compartiment D.

– Il te reste de l'eau, Ambroise ? lui demanda un garçon à lunettes, allongé en haut devant une tablette qui gloussait discrètement *fiiouuuu fiiouuuu fchhh*. Oh, t'es qui ?

– Durandal. Ils sont passés où, Ambroise et Milo ?

– Sortis. Y a deux minutes. Pipi peut-être… ?

– C'est quoi ton jeu ?

– Space Attack. Le IV.

– Le IV ? La chance. Moi, j'ai que le I et le II.

– Ouais, opina Humbert Tissot, dit P'tit-Pipi. Le IV, c'est du coriace. T'as pas de l'eau ?

– Ma sœur en a. Mais je peux pas la réveiller.

– Bon. Merci quand même. Tu refermeras ?

Dehors, le rappeur blond stationnait. Durandal ne put s'empêcher de porter un regard au blouson. Pas de bosse décelable… Mais ça ne voulait rien dire.

Il avait parcouru plusieurs couloirs, quand il réfléchit qu'il se rapprochait dangereusement de la cabine du contrôleur. Ambroise avait sûrement évité d'aller par-là. Il repartit en sens inverse.

À mi-chemin, enfin, il les aperçut. Le Club de la Pluie ! Ses nouveaux camarades. Lui aussi, il l'avait décidé, il fonderait un club. Le Club de l'Épée ! À cause de Durandal. Ouais, carrément.

– On a un plan ! lui souffla Milo.

Durandal écouta attentivement. Très attentivement.

Voilà pourquoi, trois minutes plus tard, et pour la seconde fois cette nuit-là, il sentit ses cheveux se dresser encore plus droit sur sa tête !

– Dans le wag… !? balbutia-t-il. Vous êtes malades ! Jamais !

Il frémit en fermant les yeux. Il les rouvrit aussitôt pour chasser l'image d'épouvante que lui renvoyait sa rétine.

Il crut déceler une vague ironie dans le sourire d'Ambroise. Malgré lui, il en fut piqué au vif.

– C'est pas que j'aie peur, se hâta-t-il de dire. Mais imaginez… Imaginez, euh, eh bien, qu'on m'accuse de l'avoir tué, ce mort !

– Si on l'a mis dans un cercueil, c'est qu'on est déjà au courant de sa mort, rétorqua Rose. De quoi on t'accuserait ?

À ce moment-là, l'imaginatif Léo fut à deux doigts de tout avouer sur le citoyen Durandal. Mais une réflexion de Rose l'en empêcha.

– Moi, affirma-t-elle, si je devais choisir entre mourir sous les balles d'un tueur ou dormir dans un cimetière bien tranquille, je prendrais le cimetière sans hésitation.

Les bras croisés, elle affichait un air sacrément résolu ! Elle croyait ce qu'elle disait. Pourtant, elle ignorait que tout cela était un canular, qu'il n'était poursuivi par aucun criminel, et n'avait été témoin de rien du tout.

Léo redevint instantanément Durandal, même si ce fut dans un long, un interminable soupir.

– Un mort, reprit Milo, ça ne peut plus faire de mal. Alors qu'un assassin bien vivant et armé… Tiens, conclut-il en lui remettant sa tablette. J'ai téléchargé plein de séries. Ça te passera le temps.

– Et voilà une couverture, ajouta Nadget, et un sac. Dedans, il y a à boire et à manger.

Ambroise extirpa Clipper de dessous son sweat-shirt.

– Je te le prête, fit-il, bon prince. Le top du top dans le genre chien de garde.

Ce dernier argument fut efficace et même décisif. Clipper… ? Ah, oui, ça changeait les choses ! Avec un chien, il aurait le courage. Allons, se dit-il. Dormir niaisement en compagnie des ronflements d'une grand-mère sourde ? Ou être un héros de film policier, avec un chien, dans un train qui roulait vers Naples ?

Ragaillardi, Durandal ravala sa salive et ses craintes.

– OK.

*
* *

Ils accélérèrent lorsqu'il fallut passer devant l'inévitable cabine du contrôleur. La porte était close. L'homme était-il à l'intérieur ?

À chaque changement de voiture, Rose ou Nadget partait en éclaireuse. Le contrôleur ne les connaissait pas.

Ils parvinrent sans rencontrer personne au wagon à vélos. Ambroise enfonça la manette et ouvrit. Il y faisait toujours aussi noir.

Nadget alluma la mini-torche dorée de son porte-clefs qui ne la quittait jamais. Malgré ses airs bravaches, Rose opéra un recul en apercevant le rectangle obscur par terre. Tous s'arrêtèrent. Sous la toile, les chaussures bicolores n'avaient pas bougé. Comment auraient-elles pu, d'ailleurs ?

Milo prit son courage à deux mains, et tira sur la toile afin de recouvrir complètement les pieds macabres.

– Installe-toi à l'opposé, dit-il. N'y pense plus. Mets-toi à l'aise.

Durandal prit ses quartiers entre la malle en métal bleu et un gros colis vert. Il s'entortilla dans la couverture, Clipper serré contre lui. Le chien compatissant ne cessait de lui lécher les joues. Durandal commençait à être enchanté. Quelle aventure !

– Tu me laisses la manette, Ambroise ? dit-il. Au cas où.

Au cas où… il lui prendrait une envie folle de prendre ses jambes à son cou, pensait-il.

– ... où j'aurais envie de faire pipi, dit-il, hardiment.

– Pas besoin, ça s'ouvre de l'intérieur avec une poignée, dit Nadget. La manette ne sert que pour entrer. Tu peux sortir quand tu veux.

– Le principal, c'est que personne ne puisse venir ici.

– Tiens, ma mini-lampe dorée. Tu y fais attention, hein ?

Durandal désigna la tablette de Milo.

– C'est quoi, ces séries que tu as téléchargées ?

– Des trucs policiers. Des histoires d'aventures. Y en a une, elle est super géniale. C'est avec Arsène Lupin. Le titre, c'est… euh, je ne me rappelle plus, acheva Milo, subitement gêné. Mais le fichier s'appelle *Arsène Lupin.*

– On viendra te voir toutes les heures, promit Rose. Chacun son tour.

– Il nous faut un code ! s'écria Nadget, dans une

brusque illumination. Pour que tu saches que c'est nous.

– Quel genre de code ? fit Durandal, déjà occupé à jouer avec les oreilles de Clipper.

Tout cela était exaltant, en fin de compte.

Rose réfléchit rapidement. Du doigt, elle tapota la malle en métal sur un rythme spécifique.

– Deux fois quatre coups. Pon pon pon pom. Pon pon pon pom.

– Ça me dit quelque chose, réfléchit Durandal.

– La *Cinquième Symphonie* de Beethoven. Le début.

– Appelons ça : le code Beethoven, dit Ambroise. D'acc ?

Ils opinèrent. Ça sonnait magnifiquement : *code Beethoven.*

Ils embrassèrent Clipper avant de repartir. Milo adressa le signe des vainqueurs à Durandal, les filles celui de l'amitié et ils gagnèrent la porte en s'écartant le plus possible de la toile obscure au milieu du wagon. Au plafond, les poignées de cuir balançaient… sans pendus, fort heureusement.

– Le train ralentit ! avertit Rose. Vite ! Il va s'arrêter.

Personne dehors. Un bref instant, la clarté extérieure

transforma le visage de Durandal en une petite tache pâle, perdue entre la malle en métal bleu et le gros colis vert.

Demeuré seul, il alluma la tablette, vit l'heure. Quelques heures. Seulement quelques heures... Dans le sac de Nadget, il découvrit un œuf dur, deux sandwichs, des biscuits, du jus de pomme, un yaourt aux fruits rouges, un pot de compote de pêche, du chocolat, quatre barres de céréales.

– On mange d'abord. D'accord avec moi, Clipper ?

– Ouah !

LE CLUB AUX AGUETS

Ce fut une organisation parfaite.

On avait décidé que celle ou celui qui surveillerait le couloir irait ensuite rendre une visite à Durandal, puis pourrait aller se coucher. Chaque membre du Club serait « de service », à tour de rôle. Et on poursuivrait le cycle jusqu'à l'arrivée à Naples.

Ils tirèrent au sort. Rose serait la première. Dans le couloir vide et silencieux, les garçons regagnèrent le compartiment D. Les filles, le C.

Mlle Doré, coagulée dans les limbes d'un sommeil impénétrable, exposait la magnificence de sa denture. Dans la semi-pénombre, elle donnait l'impression d'avoir avalé un piano dont on ne distinguait que les touches.

– Tu as remarqué ? chuchota Rose. Le compartiment des rappeurs est toujours entrebâillé.

Nadget hocha la tête. Elle avait même noté la chaussure qui bloquait la discrète ouverture. L'un d'eux était donc assis et ne dormait pas. Zut, songea-t-elle, elles n'avaient pas pensé, en revanche, à vérifier si la fausse Allemande faisait pareil dans le compartiment E.

Nadget grimpa sur sa couchette... et étouffa un cri. Qu'y avait-il sur le drap ? Ça grattait ! Elle tâta le drap... Tonnerre ! Qui s'était amusé à y émietter des biscuits ?

– Tu vois ça ? chuchota-t-elle à Rose. Cette punaise... J'y crois pas !

Elle inspira bruyamment, férocement. On pouvait presque voir la colère enflammer ses narines ! Eudoxie... ! Elle allait la réveiller illico, la secouer, la vaporiser, la réduire en omelette, la pulvériser comme ces miettes !

Elle allait se jeter avec rage sur la malheureuse qui roupillait à poings fermés, Rose l'arrêta de justesse.

– Stop ! lui ordonna-t-elle à l'oreille. Si tu réveilles tout le monde, notre mission est à l'eau. Vous vous expliquerez demain matin.

Bouillonnant de fureur, Nadget se résigna à brosser le drap pour éliminer les odieuses miettes. Soudain, elle suspendit son geste. N'avait-elle pas entendu un gloussement ? Elle aurait juré que oui. Cette teigne d'Eudoxie la narguait-elle ? Elle braqua sur elle un œil furibond.

Si Eudoxie faisait semblant de dormir, l'imitation était excellente. Nadget l'observa un long temps… Mais Eudoxie, la bouche ouverte, ne bougeait pas. Elle fixa alors son attention sur Quitterie. Mais celle-ci dormait aussi. En bas, la petite Lili respirait régulièrement, le nez dans l'oreiller. Pas elle non plus. Nadget renonça.

Côté opposé, à la même hauteur, Rose s'était installée sur le ventre, la figure à la lisière du store de la porte. Avec un coin d'oreiller, elle aménagea une brèche. L'œil collé à l'interstice, elle disposait d'un angle de vision étendu, à droite et à gauche, sur une bonne partie du couloir éclairé.

Le temps s'écoula.

Le train poursuivait sa course dans la nuit.

*
* *

À l'abri derrière son store, Rose assista au passage du contrôleur qui effectuait sa ronde. Il salua une dame du A en route pour les toilettes, et qui s'en revint peu après. Le couloir redevint désert. Soudain,

Rose perçut un mouvement sur sa droite. Dans un recul, elle bloqua sa respiration.

Un des rappeurs venait de sortir ! Le petit blond costaud avec le diamant à l'oreille.

Il campa un long moment sur place, le dos à la fenêtre, face aux compartiments. Il regardait dans sa direction.

Pouvait-il la repérer dans le noir ? Remarquerait-il le store légèrement écarté ? Immobile, le cœur battant, Rose ferma les yeux.

Une ombre passa tout à coup devant ses paupières. Rose les rouvrit.

La fausse Allemande en jean avait surgi à son tour. Elle se tenait pile de l'autre côté du store, juste devant Rose. Sans la porte, elles auraient pu se toucher. Par chance, elle tournait le dos.

L'Allemande et le rappeur s'ignorèrent, tous deux apparemment absorbés par les écrans de leurs portables. Mais, au bout d'un moment, Rose intercepta un reflet sur la fenêtre du couloir… Une image étrange qui l'éberlua !

Dans ce reflet, les doigts de la jeune Allemande bougeaient d'une façon particulière, comme dans le langage des sourds-muets. *Ses mains disaient quelque chose !* Quoi ? À qui… ?

Rose tourna les yeux vers le rappeur. Une main tenait son téléphone, l'autre... Son autre main formait aussi des signes !

Ces deux-là se connaissaient ! Ils étaient même en train d'échanger des informations, tout en faisant semblant de s'ignorer et de ne s'être jamais vus ! Rose retomba sur sa couchette, troublée, pleine d'interrogations.

Réveiller Nadget ? Non, ça ne servirait à rien. Elles pouvaient même attirer l'attention des deux complices.

Qu'est-ce qu'ils complotaient ? À coup sûr, quelque chose qui avait à voir avec Durandal ! Une pensée, subitement, l'affola. Comment lui rendre visite si ces deux-là stationnaient dans le couloir ? Et s'ils la suivaient ?

Elle se raisonna, s'exhorta au calme.

Ils ignorent que le Club les soupçonne, réfléchit-elle. Ils n'avaient aucune raison de se méfier d'elle, une enfant. Elle n'aurait qu'à jouer à l'endormie en quête de toilettes. Épatantes toilettes. Prodigieux et éternel alibi de l'élève en vadrouille, dans tous les collèges et tous les trains du monde !

La suite fut presque miraculeuse, car, après quelques instants, le rappeur et l'Allemande disparurent. Chacun rejoignit son compartiment sitôt leur *conversation* muette achevée. Ils n'étaient sortis que pour cela. Que s'étaient-ils raconté ?

Quand il fut l'heure pour Rose d'effectuer sa ronde au wagon à vélos, le couloir était de nouveau désert. La manette cachée sous son pull, elle ne nota rien de remarquable durant sa clandestine traversée des voitures.

Sauf deux choses. Quand elle passa devant le compartiment D, le store se déplaça légèrement. Elle identifia un bout de la figure de Milo. Il lui fit une mimique de connivence. Elle la lui renvoya, sans s'arrêter.

La seconde chose, ce fut plus loin, lorsqu'elle regarda par la fenêtre d'un couloir : la mer ! Le train allait désormais suivre la côte jusqu'à son terminus.

Les paumes autour de ses yeux, Rose scruta les flots en contrebas de la corniche. Au loin, sur l'eau noire, des balises et des lumières de bateaux. Entre les deux, une route serpentait, parallèle aux rails et à la côte.

Sur cette route roulait un seul véhicule, une camionnette de boulanger. *Panetteria* était inscrit dessus. Rose ne comprenait pas l'italien, mais elle devina grâce à la grosse brioche peinte sur la carrosserie jaune. Son estomac se mit à la tirailler un peu.

Elle espérait que Durandal n'aurait pas dévoré toutes les provisions.

*
* *

Durandal avait beaucoup mangé, mais pas tout. Il restait le yaourt, un peu de compote, deux barres de céréales et le tiers d'un sandwich.

Clipper en travers des genoux, la tablette calée contre la malle bleue, les mâchoires en action, il vivait des heures positivement passionnantes. Il avait cliqué sur le fichier *Arsène Lupin* recommandé par Milo, et il entamait la vision du deuxième épisode de *L'Île aux trente cercueils.*

D'accord, sur le coup, le titre lui avait filé un choc. Il avait immédiatement pensé à l'autre... pas loin. Le cercueil... euh, occupé, enseveli sous la toile noire, de l'autre côté du wagon.

Mais bientôt les étranges aventures de Véronique d'Hergemont et du chien Tout Va Bien l'avaient happé ! Pourvu que le voyage dure assez, songeait-il. Qu'il ait le loisir d'ingurgiter la totalité des épisodes.

Si bien qu'il fit un bond spectaculaire lorsque retentirent deux Pon pon pon pom ! De saisissement, il laissa choir la tablette. Clipper, quant à lui, orienta sereinement une oreille en direction de la porte. Les chiens savent avant les humains.

La poitrine de Durandal s'allégea. Le code Beethoven, bien sûr ! Quel benêt il faisait. Avec de discrets cliquetis, la porte s'ouvrit et se rabattit prestement.

– Rose ?

– Tout va bien ?

Il mit le film sur Pause. Rose bavarda un peu, assise à ses côtés, le temps de lui piquer une barre de céréales, tout en cajolant le museau de Clipper. Durandal avait hâte qu'elle reparte, qu'il puisse continuer *L'Île aux trente cercueils*.

– Tu n'as pas vu ma sœur ? s'enquit-il, frappé d'une subite inquiétude. Je veux dire Eugénie, ma... garde du corps ?

– RAS. Rien n'a bougé dans le compartiment E.

Il lui révéla alors son stratagème de la couverture roulée sous le drap.

– Elle croira que c'est moi, dit-il, tout fier. Ingénieux, non ?

– Classique, fit Rose, laconique. Dis-moi...

– Quoi ?

– Le tueur, celui que tu as vu à l'hôtel, il était comment ?

– Oh... euh... Normal. Lunettes noires, monture

carrée. Les bouts de ses chaussures aussi étaient carrés, inventa-t-il en se rappelant un des méchants de *L'île aux trente cercueils*. Il portait une ceinture à boucle d'argent… avec un crâne dessus.

– Un crâne ?

– Une tête-de-mort, quoi. J'ai déjà tout raconté à la police.

– Mais son visage ? Il était comment ?

– Normal, je te dis. Il ressemblait à n'importe qui.

– Tu le reconnaîtras quand le juge Farfalli te le montrera ?

Il opina du chef avec assurance.

– Naturellement. C'est pour ça que je fais ce voyage, non ?

Rose le considéra un instant en silence, caressant pensivement Clipper. Enfin, elle se releva après avoir récupéré la manette par terre.

– Milo va prendre la relève. On a tiré au sort.

Durandal répondit OK, pressé de reprendre son épisode. Il vit Rose contourner largement la masse rectangulaire qui encombrait le centre du wagon. La porte se referma derrière elle.

Durandal cliqua sur Lecture.

PRIS AU PIÈGE !

Dans les ronrons du train, Quitterie ouvrit un œil. Elle vérifia l'heure à son réveil de voyage glissé sous son oreiller. Naples était encore loin. Elle se tourna et comprit ce qui l'avait réveillée.

En bas, dans la travée, Nadget enfilait un tricot à la jeune Lili.

– Tu me garderas la porte des WC ? marmonnait la fillette ensommeillée. J'ai peur de rester enfermée.

– T'inquiète, je serai devant. Mais chut... Il ne faut pas réveiller Mlle Doré.

Peut-être pour la première fois de sa nuit de plomb, la prof remua. Elle grommelait. Nadget et Lili se figèrent et patientèrent une longue minute. Rose n'était pas encore de retour, elle avait dû aller voir Durandal, supposa Nadget. Heureusement que Lili, éveillée par une envie pressante, l'avait secouée, elle, et non Mlle Doré !

Lorsque la respiration professorale fut redevenue aussi pesamment régulière qu'un battement de carillon, Nadget empoigna la petite main, et elles s'éclipsèrent. Là-haut, Quitterie s'était rendormie.

Nadget balaya le couloir du regard. Un des rappeurs s'y trouvait. Ils devaient se relayer, eux aussi. Cette fois, c'était le grand maigre avec le tee-shirt au tigre. Il inclina la tête. Quelque chose, une lueur, fila dans ses prunelles quand il les aperçut.

À mi-couloir, Nadget ne put s'empêcher de se retourner brièvement. L'homme s'était avancé de quelques pas, mais pour simplement changer de fenêtre et contempler la nuit par la vitre.

– Oh, regarde le camion avec la brioche! fit Lili en pointant le doigt. On dirait qu'il fait la course avec le train.

Nadget l'attendit devant les WC, tout en épiant le rappeur, mine de rien. Il était immobile, concentré sur le paysage nocturne à la fenêtre. Mais elle aurait juré qu'il s'était rapproché pour les épier.

Elle décida de l'imiter, et se posta à la fenêtre face aux WC. Le train longeait une corniche au-dessus de la route côtière. Tout en surveillant le tee-shirt au tigre, elle fit semblant de s'intéresser au véhicule jaune dont les phares éclairaient la route. Lili avait raison, il roulait à la même vitesse que leur train. À un moment, il disparut dans un virage, mais bientôt il réapparut.

Le compartiment E coulissa. La grosse vieille dame sourde s'en extirpa péniblement, grognonnant ses sempiternels *mio Dio mio Dio*... Le rappeur au tigre se plaqua contre la fenêtre pour lui laisser le passage. La grand-mère, que le repos semblait avoir ranimée, trottina clopin-clopant vers Nadget. Elle grommelait toujours sous ce drôle de lampadaire vissé sur sa tête jusqu'aux narines.

Avant que Nadget ait pu prévoir son geste, elle poussa la porte des WC. Lili s'exclama d'indignation.

– Y a quelqu'un ! s'écria en même temps Nadget.

La vieille fit demi-tour avec des paroles inintelligibles, avant de mettre le cap sur le wagon voisin. Décidément ! soupira Nadget in petto. Par quel mystère les gens éprouvaient-ils la même envie pressante au même moment ?

– La pauvre n'a pas fait exprès, dit-elle à travers le battant. Elle est sourde et n'y voit pas bien clair.

Le compartiment D s'ouvrit sur Timothée Chalamet. Il parut glisser le long du couloir, s'adressa à Nadget de sa voix moelleuse.

– As-tu vu *la nonna* ? Notre grand-mère sourde ?

Elle descend un arrêt après Gênes, comme moi. Mais Gênes, c'est bientôt, et elle m'a supplié de l'aider…

Il sourit de sa manière charmante.

– Avec ses jupons, ses sacs, ses fichus, et ce chapeau, il va falloir s'y prendre à l'avance ! soupira-t-il en levant les yeux au ciel.

La petite Lili sortait.

– Oh !… Et dites à votre copain que le contrôleur n'y a vu que du feu ! ajouta-t-il, espiègle. J'ai caché mon chien quand il est passé.

– Il s'appelle comment, votre chien ? demanda Lili, intéressée.

– *Como si chiama ?* Oh… hum, on l'appelle… Le Chien ! *Sì,* Le Chien. Comme ça, on est sûr qu'il ne porte pas un nom qui lui déplaît.

Lili parut déçue. Nadget fit un beau sourire d'excuse à Timothée avant de raccompagner la fillette qui voulait absolument voir l'animal.

Le rappeur au tigre, pendant ce temps, s'était volatilisé. Un autre allait probablement prendre sa place, présuma Nadget. Si ces types tramaient un mauvais coup, le Club avait bien fait de mettre Durandal à l'abri.

Juste avant d'entrer dans le D, on lui toucha l'épaule… Rose ! Enfin.

– C'est au tour de Milo, murmura-t-elle. Je le préviens.

Milo était déjà en poste derrière le store du D. Il leur lança un signe interrogateur. D'un autre signe, Rose lui notifia que tout allait bien dans le wagon à vélos.

– C'est qui, ce garçon ? voulut savoir Lili, intriguée par ces échanges muets. Un amoureux ?

Elle eut un gloussement qui sonna étrangement familier.

– C'est Milo, dit Rose, sévère. Ouste, dodo.

*
*   *

Après l'arrêt à la gare de Gênes, au cours duquel Milo redoubla de vigilance, le train n° 6687 reprit sa vitesse de croisière et ses ronrons.

P'tit-Pipi s'était enfin écroulé sur Space Attack IV allumé. Des *fiiouuuu fiiouuuu fchhh* moribonds s'en échappaient. Et, par un surprenant tour de magie, la tignasse d'Enguerran avait perdu de vue son sac à dos. Ambroise dormait, un oreiller sur les orteils. Pour imaginer sans doute que c'était le bon vieux Clipper.

Derrière son store, Milo, lui, continuait son guet. Avec discrétion. Pour ne pas éveiller la méfiance de Timothée Chalamet qui somnolait.

À Gênes, personne n'était monté dans leur compartiment. Mais, peu après, Timothée Chalamet s'était redressé en soupirant.

– Cette pauvre vieille… Elle descend à la prochaine et j'ai promis de l'aider. Une promesse est une promesse, *vero ?* Vous surveillez le petit ? chuchota-t-il en montrant son chien dont le museau dépassait misérablement du panier.

Milo le trouvait quelque peu désinvolte avec son animal. Il était visible que ce chien mourait de soif, mais l'autre n'avait pas l'air de s'en apercevoir tandis qu'il éclusait ses mini-briques à la carotte.

Quand le jeune homme eut quitté le compartiment, Milo se leva et versa quatre fois de l'eau de sa bouteille dans le creux de sa main. Le malheureux assoiffé avait tout lapé, les quatre fois.

Derrière le store, le couloir était vide et tranquille. On discernait des phares par la fenêtre. Le train suivait une route.

Milo nota l'heure sur son portable. Dans 37 minutes, il passerait voir Durandal. Après, il réveillerait Ambroise pour la relève.

Il pourrait alors piquer un somme jusqu'à Naples. Si tout se passait bien.

*
* *

Le silence arracha brutalement Durandal aux palpitantes aventures de Véronique d'Hergemont et du chien Tout Va Bien.

Le train était à l'arrêt. Ils étaient dans une gare !

Un haut-parleur, dehors, annonça : *Genova ! Genova !* Durandal n'était pas super doué en géographie mais il savait que *Genova* n'était pas Genève, en Suisse : c'était le nom italien de la ville de Gênes. Il empruntait ce train deux fois par an, pour aller voir des cousines italiennes à Ischia.

Il eut la présence d'esprit de mettre la tablette en veille. Tant qu'ils stationnaient en gare, le contrôleur pouvait venir déposer un vélo, un bagage…

Il se pelotonna entre la malle bleue et le carton vert, rabattit la couverture par-dessus son crâne, Clipper blotti contre lui. Ils étaient invisibles.

– Motus, ordonna-t-il tout bas.

En effet, au bout d'un temps, Clipper dressa l'oreille et la porte s'ouvrit sans le code Beethoven. Trois randonneurs firent irruption à grand bruit, avec le contrôleur qui resta sur le seuil. Ils évoluèrent autour de la masse noire rectangulaire, sans imaginer ce qui se dissimulait dessous…

Ils stockèrent trois vélos et des tentes pliées en paquets. Ils repartirent, laissant la porte grande ouverte. Durandal patienta, recroquevillé sous la couverture.

Le contrôleur ne vint fermer qu'au redémarrage. Soulagé, heureux d'être à nouveau prisonnier, Durandal se dégagea, ralluma la tablette et repartit vers les envoûtantes aventures de *L'Île aux trente cercueils*.

Il était au début de l'épisode 3 lorsque Clipper se mit à gigoter.

– Un petit creux ? Tiens.

Il lui tendit ce qui subsistait du dernier sandwich. Mais Clipper se détourna et se mit à gronder doucement entre les dents. Durandal mit l'épisode 3 en pause, l'oreille tendue. Le wagon tressautait sur ses rails. Au plafond, les poignées en cuir grinçaient, ballottaient… Mais ce n'était pas ça.

Tout à coup, il comprit. Ces cliquetis… Quelqu'un, très lentement, très très lentement, était en train de tourner la manette. Quelqu'un, avec énormément de précautions, était en train d'ouvrir !

Le battant s'entrebâillait… Une ombre se faufila à l'intérieur, furtive, en silence. Durandal se tassa profondément au creux de sa couverture.

S'agissait-il d'un passager clandestin ? Le faisceau puissant d'une torche illumina brutalement une paroi. Ce quelqu'un buta sur quelque chose et poussa un juron. Une collision avec le cercueil, probablement !

Durandal retenait son souffle. Il étreignait Clipper à l'étouffer.

Soudain, il entendit la voix. Une voix qui n'était qu'un chuchotement, un chuchotement mille fois plus terrifiant qu'un cri. Et ce qu'elle prononçait lui glaça le sang !

– Petit… Petit… Je sais que tu es là… Où te caches-tu ?

Paralysé par l'épouvante, Durandal sentit le doigt congelé d'un frisson courir le long de sa nuque. L'éclat de la torche rampait sur les parois du wagon, rampait sur les valises, la palette, les vélos… rampait vers sa cachette !

– Je vais te trouver, tu sais, susurrait l'individu. Tu ferais mieux de te montrer.

La lumière se fixa sur Durandal, tel le harpon sur le poisson. Aveuglé, le garçon leva un bras sur ses yeux. Clipper se mit à aboyer.

Le wagon s'ouvrit alors une seconde fois, car l'individu en avait seulement repoussé le battant. Une autre silhouette, plus massive, s'introduisit à son tour.

– Je l'ai trouvé ! *È qui,* annonça la voix toute

proche, toujours dans son chuchotis glaçant, à la fois doux et inquiétant. Fais taire ce chien. Debout !

Tremblant, retenant Clipper entre ses bras, Durandal obéit. Dans une impulsion, il ouvrit la bouche pour hurler… Un bâillon écrasa son cri.

Dans le bref intervalle, Durandal avait aperçu deux visages.

L'un portait une cicatrice en forme de Y sur la joue gauche.

L'autre, il le connaissait déjà.

Pris au piège !

DISPARU !

Les cris firent l'effet d'un coup de tonnerre dans la nuit sereine de la voiture 3.

– Léo ! Léo ! Où est-il passé… Léo ?

Milo montait toujours la garde à l'abri du store. Un peu plus tôt, il avait noté l'air furieux d'une jeune fille d'une vingtaine d'années, aux cheveux courts. Elle paraissait chercher quelque chose ou quelqu'un. Puis elle avait disparu.

Il sortit aussitôt. La même jeune fille, de retour, arpentait le couloir, l'air encore plus furieux que tout à l'heure.

– Mon frère Léo… Je le cherche ! Tu l'as vu ?

Milo secoua la tête et lui répondit qu'il ne connaissait pas de Léo dans ce train. Des pyjamas et des chemises de nuit pointèrent le nez à quelques compartiments.

– Ce chenapan, il se planque ! Regardez ce qu'il m'a fait…

La fausse Allemande sortit à son tour, en silence, le visage sans expression. Plus en colère qu'affolée, la grande sœur brandissait une couverture en boudin.

– Roulée sous le drap… Il me prend vraiment pour une nouille. Léo !… Réponds, espèce d'andouille !

Nadget et Rose émergèrent, puis Ambroise, et encore deux ou trois autres passagers. Un des rappeurs apparut. C'était Sloop-L'Égorgeur. Sa présence jeta un froid dans le couloir encombré.

– On est parti chercher le contrôleur, informa un monsieur avec un collier de barbe et un pyjama à fleurs.

– Je viens d'y aller ! glapit la jeune fille. J'ai frappé à sa cabine, ça ne répondait pas. Léo !

Tout le monde se mit à parler en même temps, à appeler Léo, à donner son avis.

– Il ne doit pas être loin, dit une dame en peignoir vert.

– Léo ! Léo… !

L'Allemande plissa discrètement les yeux dans une direction. Rose suivit son regard… Il était tourné vers Sloop-L'Égorgeur. Rose alerta Nadget d'un coup de coude. Sloop faisait une brève mimique qui reçut une réponse silencieuse de la fausse Allemande.

– On a retrouvé le contrôleur ! annonça le monsieur à barbe et pyjama fleuri, qui avait visiblement décidé de s'occuper de la communication. Il arrive ! Sa cabine n'était pas fermée, mais le pauvre est épuisé.

Dans cette agitation, Nadget et Rose restèrent en retrait, leur attention fixée sur Sloop-L'Égorgeur. Avec un hoquet de surprise, elles le virent s'avancer et coulisser rapidement la porte… du compartiment C !

Rose s'élança sans réfléchir.

– Hé, là ! s'écria-t-elle en refermant, la mine offusquée. C'est notre compartiment ! Un compartiment pour dames !

Il la dévisagea. Une lueur amusée rôda sous ses paupières.

– Me suis trompé, dit-il, laconique.

Ils se toisèrent. Rose ne baissa pas les yeux. Il hocha sa tête patibulaire.

– Votre prof dort comme un manche de pioche.

Il tourna le dos et s'enferma dans son compartiment. Rose vérifia de l'autre côté, celui de la fausse Allemande. Elle aussi avait disparu dans son compartiment.

– Qu'est-ce que ça signifie, à ton avis ? chuchota Nadget.

– Aucune idée, dit Rose, préoccupée. J'espère qu'ils ne se doutent pas de quelque chose.

Elles voulurent rallier Milo et Ambroise, mais tout le monde s'agglutina tout à coup. Le contrôleur arrivait ! Ébouriffé, fripé, il avait oublié sa casquette et clignait des yeux, hagard. On l'avait tiré d'un rêve sensationnel où il était steward sur un avion d'Air Tahiti.

– Pas vu de gamin en goguette, soupira-t-il, la mine lasse.

Il s'anima soudain. Il venait de localiser Ambroise.

– Toi, là, tu es sûr que tu ne sais pas où il est ? Je vous ai vu traînailler ensemble.

– Moi ? fit Ambroise en rougissant. Je ne connais qu'un seul Léo, il est en ce moment à Londres, avec le groupe d'anglais.

– Je vous ai vus ! persista le contrôleur qui reprenait du poil de la bête. Toi… et le gamin avec les cheveux en brosse à blaireau !

L'image mit du temps à atteindre les cerveaux. Puis Ambroise s'étrangla. Brosse ?

Brosse… !

– En brosse ! répéta-t-il. Brosse, euh… à vaisselle ?

– À blaireau, maintint le contrôleur.

– Durandal !! s'exclama le Club de la Pluie en un chœur de surprise.

Quatre regards furent échangés. Milo fit un pas en avant.

– Eugénie ?

– Mais… oui, balbutia la jeune fille aux cheveux courts (qui, il fallait bien l'admettre, avaient une tendance à la brosse, eux aussi). C'est moi. Vous savez où est mon frère ?

– Oui.

– J'en étais sûr ! fit le contrôleur qui ne souhaitait qu'une chose : redevenir steward à Air Tahiti le temps d'un songe merveilleux.

Hélas ! Sa montre lui fit impitoyablement remarquer que le prochain arrêt était dans quatre minutes. Ah, les mômes en voyage… Une plaie.

– Maintenant, si vous voulez bien m'excuser… Mesdames, messieurs, vous pouvez retourner vous coucher.

Il tourna les talons et galopa à sa cabine faire son annonce au micro. Tandis que les passagers regagnaient leurs pénates ferroviaires – certains soulagés, d'autres ronchons –, le Club entraîna Eugénie au bout du couloir, près d'un strapontin.

– Pas d'inquiétude, lui dit Ambroise tout bas. Durandal est à l'abri.

– On est au courant, ajouta Nadget. Léo, c'est un nom de code, hein ?

– Il est en sûreté, assura Rose.

La grande sœur les considérait un par un.

Sa figure passa de la joie à la stupéfaction, de la stupéfaction à l'irritation, de l'irritation à l'exaspération.

– MAIS DE QUOI PARLEZ-VOUS ?!

Ambroise jeta un regard par-dessus son épaule. Le couloir était vide et calme.

– On sait que vous êtes fli… euh, policière, et que vous êtes en mission. Durandal nous a tout raconté. Vous le protégez jusqu'à l'arrivée chez le juge Farfalli. On l'a caché parce que certains voyageurs de ce train… euh…

– … se comportent de manière suspecte ! acheva Nadget à mi-voix.

Eugénie poussa une espèce de gémissement. Elle leva les yeux au ciel, puis elle s'écroula sur le strapontin tel un chiffon, et se mit à geindre.

– Cet imbécile aura ma peau… Qu'est-ce que c'est que ces histoires à dormir debout ? Qu'est-ce qu'il est allé inventer, encore ?…

Elle se redressa, les fit taire d'un geste qui rappela à Nadget sa maîtresse de CE2, puis elle articula :

– Léo, Pas-Durandal-Dieu-Merci, et moi, on va rendre visite à nos cousines, compris ? On prend le bateau à Naples pour Ischia. On ne va nulle part ailleurs, compris ? Léo, Pas-Durandal-Hélas-Pour-Vous, vous a raconté des craques, compris ?

Ils avaient compris.

– C'est une manie chez lui… Maintenant, où est-il ?

Une blague… Quelle déception.

Dépités, la tête basse, soupirant, ils s'apprêtaient à la conduire là où se trouvait Léo Durandal, lorsque Sloop-L'Égorgeur fit une réapparition à l'autre bout du couloir. Milo laissa passer Eugénie et Ambroise, mais retint les filles.

– Je reste ! leur glissa-t-il à voix basse. Il faut les surveiller. Lui et la fausse Allemande

– À quoi bon ? riposta Nadget. Puisque ce crétin de Léo, Pas-Durandal-Mais-Il-Va-Le-Regretter, ne nous a raconté que des bobards ?

– Ce type a un flingue. Ne l'oublions pas. Allez-y, je reste.

– Je reste aussi, décida Rose. Il vaut mieux être deux.

– Moi aussi ! souffla Nadget.

– Non, fit Rose, catégorique. Va avec Ambroise. Que sait-on de cette Eugénie, après tout ? C'est peut-être elle qui nous raconte des histoires !

Nadget réfléchit, puis elle écarquilla de grands yeux en faisant *pfffiou !...* Et elle détala afin de rattraper Ambroise et Eugénie.

Ambroise et Nadget précédaient Eugénie au pas de charge à travers le train. La voix du contrôleur dans le haut-parleur annonça l'arrivée imminente du train en gare de…

Nadget marqua un stop devant une fenêtre. Cette fourgonnette jaune avec un dessin de brioche, n'était-ce pas celle qu'elle avait déjà aperçue ? Le véhicule filait à toute allure sur la route en contrebas des voies, comme si elle craignait d'être dépassée.

Non, sûrement une autre. Une chaîne de boulangerie devait posséder des centaines de camionnettes semblables.

– Alors ? les interpella le contrôleur quand ils passèrent devant sa cabine. Vous l'avez retrouvé, votre loustic ?

Il raccrocha son micro, tandis que le train entamait un freinage agressif. Ils durent se retenir à la barre.

– Euh, presque, bredouilla Ambroise, se souvenant qu'il avait la manette dans sa poche.

Il pria pour que le bonhomme ne les accompagne pas. Mais, ouf, une opportune voyageuse l'intercepta pour un renseignement.

Ils parvinrent au fourgon à vélos.

– Il va me le payer ! ruminait Eugénie avec des grincements vengeurs. Il ne perd rien pour attendre.

Ses cheveux courts avaient viré à la brosse à balai énervée.

Ambroise croisa le regard de Nadget… Ils soupirèrent. Ils se faisaient l'effet de traîtres. Pauvre Durandal. On ne lui en voulait pas, au fond. Grâce à lui, ce voyage était devenu une belle aventure.

Ambroise enclencha la manette. Puis il se rappela. Le code Beethoven ! Sinon, leur malheureux ami aurait une attaque. Sous le regard ahuri d'Eugénie, il frappa. Pon pon pon pom. Deux fois.

– C'est quoi, ces idioties ? grogna-t-elle.

La manette pivota. Eugénie poussa le battant d'une poigne résolue.

– Léo ! cria-t-elle. Espèce d'imbécile, réponds ! Cesse de me prendre pour une nouille !

Personne ne répondit à ces aimables paroles. Ambroise eut une pensée pour Clipper qui détestait les voix rudes. Pourvu qu'il ne bondisse pas sur Eugénie ! Lui et Durandal devaient se tapir dans leur coin.

– Durandal ! appela Nadget d'une voix calme. Tu peux sortir, c'est nous.

Rien. Aucun mouvement. Eugénie fit quelques pas à l'intérieur, escortée par les deux enfants. Le train stoppa à cet instant, très hargneux lui aussi !

Ils manquèrent culbuter par-dessus le long coffre sous la toile noire.

Nadget et Ambroise s'orientèrent vers le coin où, plus tôt, le Club avait quitté Durandal. Entre cette malle en métal bleu et ce gros carton vert.

Nadget se pencha… et réprima un cri. Ambroise se figea.

Clipper et Durandal n'étaient pas là ! Il ne restait que la couverture chiffonnée, la tablette renversée, des miettes de nourriture…

– Où est-il ? explosa Eugénie. Où est mon frère ?

Ambroise déglutit, incapable de répondre. Ils inspectèrent l'arrière de la palette, entre les piles de valises, partout. Ambroise souleva même le tissu de la cage aux pigeons, qui se révélèrent être des colombes.

Durandal avait bel et bien disparu avec Clipper !

Le silence qui suivit fut aussi profond qu'une tombe. Soudain, Nadget poussa une exclamation. Elle ramassa un objet.

– La basket de Léo ! gémit Eugénie. Que lui est-il arrivé ?

Elle était tout à coup au bord des larmes. Ambroise secoua la tête.

– Je ne sais pas, répondit-il, consterné.

Il regarda Nadget. Nadget le regarda. Tous deux étaient livides. Où était passé Durandal, chaussé d'une seule basket ? Et Clipper ?

Ambroise fit demi-tour, si bouleversé qu'il piétina accidentellement une chose molle dissimulée sous l'abominable toile noire. Il fit un bond de dégoût. Il heurta Nadget, qui suivait, et qui chavira avec de grands moulinets des bras. Eugénie, juste derrière, trébucha et se raccrocha à la toile noire… Laquelle dérapa sous les pieds de Nadget… qui se cramponna à Ambroise. Pour finir, ils dégringolèrent tous ensemble en tournoyant sur le coffre.

La toile noire se déchira en un craquement atroce. Le coffre oscilla lourdement, puis il bascula et, dans un fracas sinistre, il s'ouvrit.

Devant leurs yeux effarés, un corps vêtu d'un

smoking roula lentement sur le plancher… avant de s'immobiliser. Inerte.

Eugénie poussa un hurlement strident. Presque aussitôt, le contrôleur accourut, alarmé.

– Qu'est-ce qui se passe encore ? cria-t-il du seuil.

– Là ! couina Nadget, pointant un doigt tremblotant vers le cercueil ouvert et le mort en smoking. Là ! Le… Le…

Elle ferma les paupières de toutes ses forces. Elle ne les rouvrit que lorsqu'elle entendit le rire sonore du contrôleur.

Le mort était à ses pieds, et… Oui, le contrôleur rigolait ! Il se tenait même les côtes !

Il le repoussa du bout du pied. Le cadavre en smoking, souliers bicolores et nœud papillon, exécuta une roulade et… se mit à fixer le plafond.

– C'est le copain de la dame au chignon ! dit-il quand il eut cessé de rire. Celle aux pigeons, celle qui fait des tourrrs de carrrtes ! Elle est magicienne au cirque. Ce monsieur-là, il est en pur caoutchouc. Un mannequin. Regardez, le cercueil a même un double fond. Du trucage, quoi. Elle demandera un dédommagement mais, cette fois, la SNCF n'y est pour rien !

Réjoui, il aida ces demoiselles à se relever, mais

il laissa Ambroise se débrouiller. Il l'avait assez vu, ce rigolo-là. Il n'avait pas que ça à faire.

Il amorça un demi-tour. Ambroise l'agrippa au bras.

– Monsieur, dit-il, angoissé. Notre ami a disparu, et mon chien aussi !

*
* *

Dans la voiture 3, devant le compartiment D, Rose et Milo observaient par la fenêtre le mouvement des voyageurs. Ça descendait, ça montait, ça disait bonjour, ça disait au revoir, ça cherchait un wagon...

Un des rappeurs était de retour dans le couloir. L'horrible chauve qui semblait sortir de *Criminal Labyrinth*. Immobile, lui aussi scrutait le quai.

Malgré l'heure tardive, il y avait du monde. L'arrêt était plus long car une rame supplémentaire devait être accrochée à leur train.

Du menton, Rose désigna à Milo le compartiment E. Toujours entrouvert. Elle s'avança négligemment, jeta un coup d'œil par l'ouverture. Dans l'ombre, la fausse Allemande, toute seule, pianotait sur son portable.

– Hé !

Enguerran venait de surgir du D, hirsute, bâillant. Son meilleur ami, le sac à dos, sous le bras.

– Il est parti ? Le type aux jus de carotte qui était avec nous ?

– Il descendait ici, dit Milo. Pourquoi ?

Enguerran se gratta une fesse, bâilla deux autres fois.

– Il a oublié son sac avec le chien, dit-il avant de prendre la direction des toilettes.

Ils se ruèrent à l'intérieur. En effet, sous la couchette inférieure, le chien de Timothée Chalamet était là, enfermé dans son sac.

– Il faut le rattraper avant que le train parte ! s'écria Rose en se précipitant.

Milo la retint.

– Bizarre, non ? Oublier son chien… Peut-être qu'il l'a abandonné.

Elle plissa le front. Elle avait du mal à envisager pareille cruauté ! Elle ouvrit le sac pour caresser le pauvre animal qui se tapit, l'air craintif.

Les doigts de Rose rencontrèrent un objet. Elle tira doucement, pour ne pas blesser le chien. Quand l'objet apparut, les deux enfants le contemplèrent, stupéfaits, avec un frémissement de crainte mêlé de perplexité.

C'était un étui à revolver. Vide.

– Je suis curieux de voir sa réaction quand on le lui rendra ! fit Milo en le remettant en place.

Emportant sac et chien, ils dépassèrent le compartiment E qui bâillait toujours.

Milo s'arrêta, intrigué.

– Dis donc… Ton Timothée Chalamet, il a bien dit qu'il allait aider la vieille sourde à descendre ses affaires ?

– Oui, dit Rose. Elle s'arrêtait également à cette gare. Pourquoi ?

– Elle a abandonné ses bagages, elle aussi !

Rose souffla un « Oh » d'incrédulité. Ils revinrent sur leurs pas. Milo ouvrit en grand la porte du E.

– Regarde ! dit-il.

Le sac de la grand-mère était sur la couchette, avec le chapeau-lampadaire posé dessus. La fausse Allemande leva vers eux son visage inexpressif. Leur irruption ne l'avait pas le moins du monde perturbée.

– *Gute Nacht*, la salua-t-il aimablement. *Danke schön.*

Ils foncèrent dans le couloir, bousculant des voyageurs et des valises à roulettes. La petite Lili surgit des toilettes.

– Tu veux bien le garder ? dit Rose en lui donnant

le sac avec le chien. Prends bien soin de lui. C'est un petit chien triste.

Ils descendirent le marchepied à contre-courant, en se faisant houspiller.

Ils ne virent pas la fausse Allemande qui quittait le compartiment E et se dirigeait vers celui des rappeurs. Ni Lili qui les suivait des yeux, par la vitre, le petit chien dans ses bras.

– Là où se trouve Timothée doit se trouver la vieille sourde, dit Milo.

– Tu crois qu'ils faisaient semblant de ne pas se connaître, eux aussi ? Dans quel but ?

– La vraie question est : dans quel but ont-ils embarqué dans ce train ?

Ils fouillèrent le quai du regard.

Celui de Rose s'arrêta sur une tache jaune. Sur le parking, séparé du quai par une grille, elle reconnut la fourgonnette avec le dessin d'une brioche. Les vitres étaient trop sombres pour distinguer le chauffeur. Le véhicule stationnait, feux éteints, mais son moteur tournait.

Rose ouvrit la bouche pour en aviser Milo, mais à la même seconde, il hurla :

– Tout là-bas ! Zone A ! Près du chariot à bagages !

À l'extrémité du quai, Timothée Chalamet se

tenait près du chariot où s'empilaient valises, malles et cartons. Il suivait avec attention les mouvements des porteurs. Pas très loin de lui, un gros homme, en costume gris et cravate rouge, observait tout aussi attentivement.

Le haut-parleur annonça quelque chose en italien.

Rose et Milo piquèrent un sprint.

Un témoin disparaît

Eugénie sanglotait à chaudes larmes dans un recoin encombré du wagon à vélos. La dame au chignon flamenco, qui avait profité de l'arrêt pour rendre une petite visite à ses colombes chérrries, la réconfortait. Pas rancunière, elle distribuait des mouchoirs en papier au fur et à mesure qu'Eugénie les trempait.

– Là, là, il ne faut pas pleurrrrer. Mon Morrrrtimer n'est pas cassé… C'est le prrrincipal. Le cerrrrcueil… Bah, je devais le rrremplacer de toute façon. On commençait à voirrr le double-fond. Je demanderrrai au cirrrque de m'en offrrrir un tout neuf!

– Ce n'est pas… pour ça que… je pleure ! hoquetait Eugénie. Je me fiche de votre Mort… Mort… Mortimer !

Le contrôleur transpirait des rivières, ne savait où donner de la tête ; il surveillait la montée et la sortie des bagages. En même temps, l'oreille collée au téléphone, il essayait d'obtenir les *carabinieri*. Mission impossible. Ah, ces Italiens…

Les porteurs blasphémaient en sicilien et en napolitain, parce qu'on les empêchait d'exécuter leur fichu travail, et que leur fichu travail c'était de charger et décharger ces fichus bagages de ce fichu wagon.

Ambroise et Nadget attendaient, inquiets et moroses, assis sur le long coffre noir qui avait été un faux cercueil et qui n'était plus qu'un vrai tour de passe-passe en ruine. Le contrôleur leur avait ordonné de rester là pour répondre aux questions des *carabinieri*… S'il réussissait à les joindre !

Le seul qui semblait s'amuser, c'était Mortimer, par terre. En smoking, souliers bicolores et nœud pap, il avait fait valser ses jambes molles par-dessus ses épaules molles, avec un sourire qui aurait pu concurrencer celui de Mlle Doré.

– Où es-tu, Durandal ? répétait en gémissant Nadget. Où es-tu ?

– *Giù la testa !* Attention la tête !

Ils se plièrent en deux pour éviter la malle en métal bleu qui passait, soulevée avec difficulté par des porteurs haletants.

– Hein ? fit Ambroise à Nadget.

– Rien. Je n'ai rien dit.

La lourde malle leur frôla le crâne. Les porteurs s'apostrophaient, grimaçant sous l'effort.

– Quoi ? fit Nadget à Ambroise.

– Mais rien. Moi non plus, je n'ai rien dit.

Ce son… Voilà que ça recommençait. Ce son les intrigua, mais ni l'un ni l'autre n'osa répéter « quoi ? » ou « hein ? ». Ambroise fronça les sourcils. Quelque chose venait de traverser son esprit, mais… mais… ce quelque chose avait filé tel un éclair.

Un truc important, il en était sûr. Mais quoi ? Ça le turlupinait. Il se tourna vers Nadget.

Elle tapotait nerveusement le poing gauche dans sa paume droite, à la façon des boxeurs. Il fallait retrouver Milo et Rose ! se répétait-elle. Le Club devait réfléchir et agir !

Le contrôleur, à son téléphone, leur tournait le dos.

– Vite ! chuchota-t-elle, entraînant Ambroise.

Ils refluèrent subrepticement vers la porte du wagon. Par l'embrasure, un visage s'encadra dans leur champ de vision : Timothée Chalamet, près du chariot à bagages, était sur le quai. En retrait, un gros homme en gris, avec une cravate rouge, supervisait les opérations.

Nadget nota tout de suite l'aspect étrange du second individu. Pas à cause de ses yeux noirs et durs, ni de ses sourcils épais, ni de sa cicatrice en Y sur la joue gauche. Mais parce que… son allure lui semblait familière. Elle ne l'avait pourtant jamais vu. Pas dans le train en tout cas. Enfin, il ne lui semblait pas. Mais brrr… Encore une tête de bandit!

Timothée Chalamet pointa un doigt impatient vers la malle bleue. Il fit signe aux porteurs que c'était la sienne.

– La bleue? Elle est à lui? s'étonna Ambroise à haute voix. Curieux. Tout à l'heure, quand on se cachait avec Durandal derrière cette malle, elle était… elle était…

Ses yeux s'arrondirent. Voilà! C'était ça!

– Elle était vide!

Si l'on en jugeait par la fatigue des porteurs, elle ne l'était plus! Pendant une seconde, la stupéfaction mua Nadget et Ambroise en carpes.

Une seconde de silence qui aida leurs tympans à identifier les cris qui, à ce moment-là, envahissaient l'espace de la gare… Rose! Milo!

Ils se précipitèrent sur le marchepied.

Rose et Milo, lancés au galop depuis la zone W du quai, s'époumonant et agitant les bras tels des sémaphores, freinèrent des quatre fers devant le chariot à bagages

– Cet homme… C'est la femme sourde! hurla Rose.

– Cette malle vide… Elle est pleine ! rugit Ambroise.

– Ces inconnus… Ils se connaissent ! cria Milo.

– Timothée… C'est Chalamet ! clama Nadget pour ne pas être en reste.

Avec un bel élan, ils bondirent collectivement sur la malle.

– Durandal ? Tu es là ? Réponds-nous !

– Clipper ? Aboie quelque chose !

Ils collèrent leurs joues au métal bleu. Des curieux s'approchèrent. Le contrôleur, en nage, déboula à la porte du wagon. Derrière lui, Eugénie et la dame au chignon écarquillaient les yeux.

– Ça tape là-dedans ! s'écria Ambroise en se redressant, les yeux brillants. C'est ça qu'on entendait tout à l'heure, quand la malle est passée près de nous !

– Ils doivent être attachés et bâillonnés… Ouvrez cette malle ! supplia Nadget.

– Notre ami et notre chien sont enfermés dedans !

Sur le parking, du côté de la zone W, la camionnette jaune klaxonna.

– Laissez ça ! aboya une voix sèche.

Les badauds reculèrent dans un murmure de surprise et de crainte. L'homme à la cicatrice pointait un revolver.

LE TÉMOIN

– Ouvrez cette malle ! le supplia Milo. Durandal et Clipper vont mourir étouffés.

– Reculez ! ordonna l'homme, comme si Milo n'avait rien dit. Tous !

On obéit. Timothée Chalamet leva le bras en direction du parking. Il tenait une arme lui aussi.

Tendu, les traits durcis, il n'avait plus l'air aimable du tout. Il avait la tête de quelqu'un qui abandonne son chien sans scrupule. Comment avaient-ils pu croire à ses fourberies ?

– Crapule ! lui cria Nadget.

– À cette heure-ci, vous devriez être en train de dormir, dit-il froidement.

– Et vous, en prison ! riposta Rose.

Soudain, tout se précipita.

De nulle part, cinq silhouettes surgirent. Elles

bondirent sur les deux malfrats à la vitesse de la foudre. Avant de pouvoir fuir ou de faire un geste, ils furent cernés, désarmés, ceinturés, maîtrisés.

Tout s'était déroulé en une poignée de secondes.

– Police ! dit l'une des silhouettes en brandissant une carte. Reculez, tout le monde ! Périmètre de sécurité.

C'était Sloop-L'Égorgeur ! Ses trois camarades rappeurs enserraient les deux criminels neutralisés pendant que la fausse Allemande leur passait les menottes.

– Bravo, les enfants ! dit-elle avec un sourire oblique devant l'expression estomaquée de Rose, Milo, Nadget et Ambroise. Super boulot !

Elle se mit à parler dans son téléphone :

– Action terminée. On va récupérer le colis.

– La fourgonnette jaune ! s'écria Rose. Sur le parking… Elle attend pour embarquer la malle.

– C'est elle qui est attendue à la sortie, ricana Criminal Labyrinth. Par nos collègues de la gare.

Timothée Chalamet les vrilla d'un œil meurtrier. L'homme à la cicatrice en Y, les bras entravés, demeurait impassible. Son flegme glacial donnait le frisson.

La fausse Allemande – mais vraie policière – fit

sauter d'un coup de clé le cadenas de la malle bleue. Eugénie poussa une clameur et s'élança hors du wagon à vélos où le contrôleur essorait son front trempé.

– Léo ! cria-t-elle.

Clipper jaillit le premier de la malle, et fut cueilli par les bras d'Ambroise et les cris de joie du Club.

Durandal fit une sortie plus glorieuse encore. On lui ôta son bâillon, on dégagea ses chevilles et ses poignets de la toile adhésive qui les ligotait. Libéré, délivré !

Il se mit debout dans la malle, et sourit à l'assistance, fier comme le roi de Prusse.

– Léo ! gémit sa sœur en l'étreignant sur son cœur.

– Cette malle, dit la dame au chignon flamenco. Ça me donne une idée pour mon prrrochain tourrr de magie…

Rose sentit une main s'emparer de la sienne. Elle se retourna. Lili les avait rejoints. Elle tenait le petit chien au bout d'un ruban qu'elle lui avait noué au cou en guise de laisse. Il paraissait nettement moins craintif.

– Il faut lui rendre son chien, dit-elle en montrant Timothée Chalamet qui attendait, comme son complice, d'être embarqué par les *carabinieri*. Moi, j'en ai déjà un.

– Ce n'est pas mon chien ! cracha-t-il avec hargne. Je ne les aime pas. Je l'ai ramassé parce que ça gagne la confiance des gosses. Mais vous… Il a suffi de vous écouter pour obtenir les infos.

C'était donc lui qu'ils avaient entendu près du bar, qui les espionnait tandis qu'ils élaboraient leur plan ! En kidnappant Durandal, ces bandits avaient cru mettre la main sur le témoin qu'ils n'avaient jamais vu.

– Tu parles trop ! lui jeta son acolyte d'un ton sec.

La brigade de *carabinieri* débarqua enfin. Nadget trouva leur uniforme plutôt rigolo. Elle étudiait leur drôle de chapeau lorsque, tout à coup, quelqu'un se mit à hurler.

C'était Lili. Secouée de tremblements, elle s'était jetée contre Rose, un bras tendu vers l'homme à la cicatrice en Y.

– C'est lui ! criait-elle, les yeux agrandis de peur. C'est lui que j'ai vu ! Quand j'étais dans le cagibi ! À l'hôtel ! C'est lui !

Qui aura le dernier mot ?

RETOUR À BORD !

– Mesdames, messieurs, ânonna la voix accablée du contrôleur dans le haut-parleur, notre train a repris sa route, enfin !... Nous prévoyons trente-cinq minutes de retard à l'arrivée. Veuillez nous excuser pour la gêne occas... Quoi encore ?!

Ils avaient laissé trois des rappeurs – non, corrigea mentalement le Club –... ils avaient laissé *trois des policiers* à la gare, pour les formalités.

Ils étaient maintenant réunis dans le compartiment B, en compagnie de Sloop-L'Égorgeur (prénommé en réalité Xavier-Charles) et de la fausse Allemande (Amandine et bretonne). Il y avait également Clipper, Léo-Durandal, la jeune Lili qui s'était endormie entre une guitare et le synthétiseur. Le petit chien timoré n'était plus du tout timoré. Il frétillait, jappait, courait partout, léchait l'oreille de Durandal pour lequel il s'était pris de passion.

– Elle s'appelle Alix Péruchet, dit la policière en montrant Lili. C'était elle, mon… colis. Notre témoin.

– Alix. Diminutif: Lili, murmura Nadget en hochant la tête.

– Avec Amandine, nous avions une mission de surveillance et de protection, expliqua Xavier-Charles. À part nous cinq, personne à bord de ce train ne savait qui elle était. Lorsque nos services ont appris qu'une classe avait pris une réservation, on a trouvé judicieux de mêler notre témoin aux autres enfants. Ça brouillait les pistes pour les malfaiteurs.

Ils hochèrent la tête, captivés. Ils avaient fait partie d'une ruse policière sans le savoir ! C'était… fascinant.

– Son papa a reçu la consigne de la conduire à la gare et de l'associer à votre petit groupe. Nous, on était là pour la suite.

– En faux groupe de rappeurs, dit Ambroise.

– De vrais faux musiciens ! s'esclaffa Amandine. Ce qu'on entendait, c'étaient des enregistrements. C'est moi, la vraie rappeuse. Je fais partie d'un groupe de hip-hop bigouden.

– On a bien failli tout faire cafouiller, soupira Milo.

– C'est vrai, dit gravement la policière. Surtout Duran... Je veux dire Léo. Mais, ajouta-t-elle en souriant, vous vous êtes bien rattrapés sur la fin.

– Le journal disait que la police italienne avait arrêté des suspects, fit observer Milo. Pourtant, le tueur était dans le train, déguisé en vieille femme sourde.

– Ce n'étaient que des suspects, dit Sloop. (Ça lui allait décidément mieux que Xavier-Charles, décida Nadget in petto.) Ils seront relâchés. Maintenant, nous tenons le vrai criminel. Grâce à vous.

– Pourquoi faire semblant de ne pas comprendre le français ? demanda Rose à Amandine.

– Parce qu'on finit par m'oublier. Les gens parlent, parlent, et moi, j'écoute. C'est très utile.

– J'ai compris rapidement que vous étiez une fausse Allemande ! lança Nadget.

– Allemande ! Tu m'as crue allemande ? Et moi qui avais passé trois jours à apprendre des formules de politesse en suédois !

On éclata de rire.

– Bon, maintenant que vous savez tout, il vous reste trois heures pour dormir et vous remettre de vos émotions ! reprit la policière en tapant sur ses genoux.

Elle emporta Lili endormie, précédée des enfants.

Rose ouvrit le compartiment C. Eudoxie et Quitterie dormaient. Mlle Doré ronflait à pleines dents.

Amandine déposa doucement la petite sur sa couchette, puis elle regagna son compartiment après un petit adieu de la main.

– Je suis épuisée, mais pas sûr que je puisse dormir, bâilla Nadget.

Les garçons avaient rejoint le compartiment D. P'tit-Pipi, réveillé, bon pied bon œil, livrait sa dix-neuvième bataille inter-galactique. *Ffffiou Fffiouuuu…*

– Il y a des couchettes vides, je peux rester ? leur demanda Durandal.

– Si tu es sûr qu'Eugénie ne débarque pas pour nous réveiller en hurlant.

– Elle est prévenue, mentit Durandal.

Il regarda le petit chien abandonné par l'infâme Timothée Chalamet.

– Je le garde ! décida-t-il. Je vais l'appeler Tout Va Bien.

– Comme dans Arsène Lupin ? bâilla Milo en se pelotonnant sous la couverture.

– Ouais. Comme dans *L'Île aux trente cercueils*.

– Je croyais que ta sœur préférait les chats, marmotta Ambroise, tout ensommeillé.

Durandal serra l'animal très fort contre lui, l'embrassa. Tout Va Bien lui donna un coup de langue sur le nez.

– Elle aimera celui-ci ! assura-t-il avec détermination. Ou je la menace de raconter aux parents comment elle a laissé son petit frère se faire kidnapper !

*
* *

Nadget et Rose enfilèrent leurs pyjamas. Mortes de fatigue mais bien trop excitées pour dormir. Elles chuchotèrent un moment sur leurs couchettes, bercées par le roulis du train.

– C'est le voyage le plus exaltant de ma vie ! soupira Nadget avec ravissement. J'adore déjà l'Italie. Hé… ?

Une boulette en papier venait d'atterrir sur son drap. Elle la saisit entre le pouce et l'index. Argh… Cette fois, on allait voir ce qu'on allait voir !

Nadget visa soigneusement la bouche ouverte d'Eudoxie… et, tchac, réexpédia la boulette !

Malheureusement, elle rata sa cible. La boulette rebondit sur le bord de la couchette, elle fit une cabriole et chuta droit sur une dent de Mlle Doré.

Mlle Doré ouvrit l'œil. Elle se redressa, regarda sa

montre à son poignet. Elle adressa à Nadget et Rose un sourire. Mais elle avait toujours le sourire, même fâchée.

– Tout est tranquille, les filles ?

– Tout est tranquille, Mlle Doré, marmonnèrent-elles en chœur, dodelinant comme si elles venaient d'être tirées de leur sommeil.

– On dort si mal sur ces couchettes dures ! soupira Mlle Doré. Je n'ai quasiment pas fermé l'œil. Allons, courage… Le voyage se termine.

Elle se tourna et se rendormit sur-le-champ. Nadget et Rose, exténuées, n'eurent aucun mal à en faire autant.

Le nez dans l'oreiller, la petite Lili sourit et se rendormit bientôt, elle aussi. Son poing se relâcha lentement sur le drap. Il s'ouvrit, il glissa… et laissa s'échapper une demi-douzaine de boulettes.

Le train n° 6687 siffla et fit un bond sur les rails, comme s'il s'esclaffait. Mais il garda pour lui ce dernier petit secret. Pressé, guilleret, il poursuivit sa route dans la nuit.

Dans la même série

Le Club de la Pluie au pensionnat des mystères
Le Club de la Pluie brave les tempêtes
Le Club de la Pluie contre Satin-Noir
Le Club de la Pluie et les forbans de la nuit
Le Club de la Pluie et la maison qui chuchote

Existent aussi en livres lus dans la collection
L'ÉCOLE DES LOISIRS À ÉCOUTER

Le Club de la Pluie au pensionnat des mystères
lu par Alice Butaud (Rose), Vincent de Bouard (Ambroise)
et Clémentine Niewdanski (Nadget)

Le Club de la Pluie brave les tempêtes
lu par Alice Butaud (Rose), Vincent de Bouard (Ambroise),
Benoît Marchand (Milo) et Clémentine Niewdanski (Nadget)

Du même auteur à *l'école des loisirs*

Collection Neuf

Les joues roses
Minuit-Cinq
Aggie change de vie
Trouville Palace

Collection Médium

Fais-moi peur
Rome, l'enfer
Faux numéro
Sombres citrouilles

Quatre sœurs
Enid
Hortense
Bettina
Geneviève
Quatre sœurs (l'intégrale en grand format)

Collection M+

Boum
Taille 42
La bobine d'Alfred

Broadway Limited
Un dîner avec Cary Grant
Un Shim Sham avec Fred Astaire
Un thé avec Grace Kelly

LE CLUB
DE LA
PLUIE